다이애나 홍의

독서 향기

다이애나 홍의 독서향기

다이애나 홍 지음

모아북스
MOABOOKS

다이애나 홍의 **독서향기**

1판 1쇄 발행 | 2009년 10월 25일
1판 2쇄 발행 | 2009년 10월 30일
1판 3쇄 발행 | 2009년 11월 06일
1판 4쇄 발행 | 2009년 11월 30일

지은이 | 다이애나 홍
발행인 | 이용길
발행처 | 모아북스 MOABOOKS

영업 | 권계식
관리 | 윤재현
디자인 | 이룸

출판등록번호 | 제 10-1857호
등록일자 | 1999. 11. 15
등록된 곳 | 경기도 고양시 일산구 백석동 1332-1 레이크하임 404호
대표 전화 | 0505-627-9784
팩스 | 031-902-5236
홈페이지 | http://www.moabooks.com
이메일 | moabooks@hanmail.net
ISBN | 978-89-90539-60-1 03570

모아북스 MOABOOKS 는 독자 여러분의 다양한 원고를 기다리고 있습니다.
(보내실 곳 : moabooks@hanmail.net)

프롤로그 8

운명을 바꾸는 책갈피 속의 독서향기

운명을 바꾸는 책갈피 속의 독서향기

운명을 바꾸는 책갈피 속의 독서향기

스트레스가 머리끝까지 꽉 차서 숨을 쉴 수 없을 만큼 힘들 때 여러분은 어떻게 하시나요?

어떤 이는 술에 취하고, 어떤 이는 책에 취합니다. 술잔 잡고 넘어지는 사람이 있고, 책을 잡고 넘어지는 사람이 있습니다.

술잔 잡고 넘어지면 몸이 상하지만 책을 잡고 넘어지면 영혼이 맑아집니다. 어여쁜 꽃들의 아름다운 향기는 코끝을 황홀하게 합니다. 그 향기가 두고 온 고향의 추억을 안 겨다 줍니다. 편안한, 다시 돌아가고픈 순수한 어린 시절 로 말이지요.

그때는 지금보다 훨씬 더 자주 하늘을 보고, 훨씬 자주 맨발로 땅을 밟았습니다. 머리가 아닌 가슴과 발끝으로 살 던 시절… 바쁜 것도 모르고, 스트레스도 몰랐습니다.

어린아이 같은 삶은 어린아이 때만 주어지는 것인가 봅 니다. 아무리 순수하고 명랑하게 살고 싶어도 우리네 현대 인들의 삶은 복잡하고 바쁘기만 합니다.

하루하루 숨 돌릴 틈 없이 살다 보니 모두가 아주 무서 운 병에 걸렸습니다. 바로 '시간 없다 병'입니다.

바빠서 책 읽을 시간도 없고, 바빠서 영화 볼 시간도 없 고, 바빠서 가족들과 이야기 한 마디 나누지 못합니다. 혹 시 여러분도 "시간이 없어서"라는 말을 늘 입에 달고 다니 시지는 않는지요?

어느 날 놀라운 말을 들었습니다. 오랜만에 지인을 만나 서 사람들이 너무 바쁘게 사는 것 같다고 했더니 그분이 이렇게 말씀하시는 것 아니겠습니까?

"책을 안 읽으니 바쁠 수밖에."

아, 정말 기가 막힌 한마디였습니다. 책을 안 읽으니 길을 몰라 넘어지고, 실패하다 보니 늘 바쁘게 허덕일 수밖에 없다고요.

그렇습니다. 책 속에 지름길이 있습니다. 쉽고 편안하게 시행착오를 줄일 수 있는 오솔길이 있지요. 그 길을 따라가다 보면 생각지도 않은 보석 같은 기회들을 찾을 수 있습니다.

어리석은 사람은 기회가 왔는데도 모르고 지나가고, 보통 사람은 기회가 오면 아차 하지만 놓쳐버리고, 지혜로운 사람은 그 기회를 꽉 움켜쥡니다.

그 한 번의 기회가 그 사람의 운명을 뒤바꾸어 놓기도 합니다. 여러분은 어떠신지요?
강의를 가는 길에 산과 들에 아카시아 꽃이 활짝 피었더군요. 그 향기가 너무 진해 영혼을 흔들어 놓더군요. 마음도 취하고 영혼도 취했습니다. 마음을 흔들어 놓지 못하면 모든 것이 가짜라는 말이 있는데, 그 향기가 제 영혼을 흔들어 놓았으니 아카시아야말로 꽃 중에 꽃입니다.

그러나 아카시아 꽃은 5월이 가고 6월이 오면 바람처럼 사라집니다. 영원히 사라지지 않는 향기는 없을까요? 있습니다. 바로 독서향기입니다. 책의 향기는 너무 깊고 풍부해 가슴과 영혼을 흔들고 온몸에 전율을 느끼게 합니다.

책갈피에서 샘솟는 무한한 힘이 우리의 운명을 바꿉니다. 저 역시 들었습니다, 운명이 바뀌는 소리를, 바로 이 책갈피들 사이에서요.

아카시아 향기가 산과 들판을 물들이듯 독서향기가 대한민국을 물들이는 아름다운 세상을 꿈꿉니다.

다이애나 홍 드림

1장

내 숨겨진 재능을
계발하는 책 읽기

1 천재보다 능력 있는 창재創材가 되는 법

위대함의 비결은 간단하다.
자기 분야에서 남보다 좀 더 그 일을 잘해내는 것,
그리고 계속 그렇게 하는 것이다. - 워싱턴 어빙

「공부하는 독종이 살아남는다」 이시형 | 중앙books

읽고 나면 가슴이 뛰는 책이 있습니다. 마치 머리에 시원하게 마사지를 받은 느낌이지요. 저는 그런 책을 좋아합니다. 학교 다닐 때는 늘 이런 생각을 했습니다.

'학문의 길은 가장 멀고 험한 가시밭길이다.'

많은 분들이 사회생활을 하면서 책을 읽는다는 것은 엄두도 내지 못합니다. 차라리 그 시간에 야근을 하게 되지요.

과거에 저는 살기 위한 몸부림으로 책을 읽었습니다. 그

라나 책읽기 인생 20여 년 여전히 책을 읽고 있는 지금은 읽으면 행복하니까 읽습니다. 독서를 연인처럼 여기고, 사랑하는 사람을 만나듯 책갈피에 마음을 맡깁니다.

이 책의 저자 이시형 박사는 '공부하는 독종이 살아남는다'고 하셨는데, 공감, 또 공감합니다. 이 책이 전하는 메시지를 한 줄로 표현한다면 이렇습니다.

"어른이 되어서 하는 공부가 진짜 공부다."

왜냐고요?
절실함이 있으니까요.

하나, 절실함이 있는 공부

안테나를 세우면 뭔가가 걸려들지요? 내 절실함이 무엇이냐에 따라 걸려드는 정보도 다르겠지요. 즉 공부는 단순히 열심히 한다고 되는 게 아니라, 어떤 문제의식을 가지고 무엇에 관심사를 두느냐에 따라 달라지는 것이지요. 어릴 때처럼 성적이나 학점 때문이 아니라 내가 관심 있고 알고 싶은 걸 하는 것이 진짜 공부입니다.

둘, 숙성의 시간이 있는 공부

대부분은 공부를 우겨넣기라고만 생각합니다. 그러나
진짜 공부는 숙성의 시간이 필요합니다.

입력 ⇨ 숙성 ⇨ 출력

이것이 진짜 공부입니다. 그리고 그 정보가 입력되면 바
로 출력되는 게 아니라 숙성의 시간이 필요합니다. 일종의
발효 과정이지요. 사람도 설익은 사람이 있는가 하면 발효
를 거쳐 더 풍부해지는 사람이 있잖습니까?

위기의 순간은 누구에게나 옵니다. 절박한 순간이 오면
사람은 초능력을 발휘하게 되는데요. 잘 익어 숙성되고 발
효된 통찰력이 바로 그때 스파크를 일으킵니다. 이것이 진
짜 공부의 열매라고 할까요?

학교 다닐 때 공부는 머리로 합니다. 그러나 어른이 되어
서 하는 공부는 가슴으로 합니다. 그리고 꾸준히 하는 끈기
가 필요합니다.

결국 공부는 머리, 가슴, 엉덩이의 힘입니다. 멋지지요?

2 죽음 앞에서 들려오는 가장 위대한
삶의 이야기

진실은 언제나 흥미롭다. 진실을 말하라.
진실이 없는 인생은 지루하기 짝이 없다.
- 펄 벅

『마지막 강의』 랜디 포시 | 살림

마지막 책장을 덮을 때, 눈물이 났습니다. 부디 이 글의 저자가 이 비극적인 스토리의 주인공이 아니기를, 이것이 한편의 소설이기를 바랐습니다. 그렇게 눈과 가슴을 부정하고 싶었습니다.

책의 마지막 장에 등장하는 아이를 안고 찍은 사진에 목이 메었습니다. 췌장암 말기, 6개월 시한부 인생이 어떻게 그와 어울리기나 한답니까?

이 책은 웃음으로 시작해 눈물로 맺습니다. 그는 이 마지막 강의를 통해 이런 메시지를 전합니다.

하나, 감사하는 마음을 보여 주세요
감사할수록 삶은 위대해집니다.

둘, 준비하세요
행운은 준비가 기회를 만날 때 온답니다.

셋, 가장 좋은 금은 쓰레기통의 밑바닥에 있습니다
그러니 열심히 찾아내세요.

넷, 시간은 명쾌하게 관리되어야 합니다
마치 돈처럼.

다섯, 계획은 늘 바뀔 수 있습니다
단 분명할 때만 바뀌어야 합니다.

여섯, 시간은 계획입니다
스스로에게 옳은 일에 시간을 쓰고 있는지 물어야 합니다.

그는 멋은 짧고 성실함은 길다고 말했습니다. 그리고 최고의 지름길은 돌아가는 것이라고도 말했지요. 또한 우리 몸의 근육이 성장하는 것처럼 내면이 성장하는 것을 볼 수 있는 사람만이 인생의 진실에 가까워진다고 말했습니다.

그가 아내의 생일에 노래를 부르고 관중의 축하를 받는 장면이 등장합니다. 그 장면은 가슴을 울리고 청중도 울리고 아내까지도 울리고 말지요.

이 책은 위대한 진실을 보여주는 동시에 사람을 눈물 흘리게 하는 강력한 힘이 있습니다.

그는 말없이 눈물만 흘리는 아내를 끝내 무대로 올라오게 합니다. 두 사람은 꼭 껴안고 키스를 하지요. 그리고 아내가 말합니다.

"제발 죽지 마세요."

그 심장이 멋는 한마디, 여러분에게도 전해드리고 싶네요.

그는 이 『마지막 강의』를 그가 죽고 없는 이 세상을 살아가야 할 아이들에게 하고 싶은 말이라고 했습니다.

그리고 그 강의가 오늘 우리에게도 찾아옵니다.

마치 아름다운 영화를 한편 본 것 같습니다. 눈물 나도록 아름다운 마지막 강의, 그처럼 삶은 잠시 머물다 가는 여행일까요?

비극적인 스토리의 주인공이 아니기를, 이것이 한편의 소설이기를 바랍니다.

3 당신에게 3년은 어떤 기적을 가져오는 시간인가?

위대한 사람들이란 정신의 힘이
그 어떤 물질의 힘보다도
강하다는 것을 알고 있는 이들이다.
그들은 생각이 세계를
지배한다는 것을 잘 알고 있다. - 에머슨

『3년의 기적』 유성은 | 평단문화사

비가 촉촉하게 내린 대지에는 파릇파릇한 싱그러움이 피어납니다. 더 푸르러진 초록빛 세상은 어린아이의 웃음을 닮았습니다. 이럴 때는 세상만사 잊고 한없이 산길을 걷고 싶어집니다. 이번 여름 주말에는 시간관리의 대가 유성은 씨가 또다시 세상에 내놓은 『3년의 기적』이 제게 또 하나의 눈부신 초록 세상을 선물해주었어요. 자연과 책이 있어 더 행복한 주말이었지요.

이 책은 예수의 공생애 기간 3년을 현대인이 '자신을 변화시키는 3년'에 대입해서 쓴 책입니다. 그 짧다면 짧은 3년의 기적이 지금까지도 우리 삶에 2천 년의 힘을 미치며 마음을 든든히 세워주는 중심이 되고 있지 않습니까?

예수의 그 3년은 인류가 존재하는 한, 영원히 우리 가슴에 은은한 종을 울리게 하는 귀한 메시지라고 할 수 있지요. 그 메아리를 함께 들어볼까요?

하나, 우리 인생의 가장 큰 복은 무엇일까요?
복 중의 복은 사람을 잘 만나는 것입니다.

둘, 그렇다면 세상에서 가장 어려운 일은 무엇일까요?
바로 자기를 잘 알고 다스리는 것입니다.

셋, 인간은 무엇으로 살까요?
언뜻 빵이 중요한 것 같지만 사실은 말씀으로 사는 것입니다.

넷, 3년 공생애 동안 예수는 무엇보다도 제자들을 훈련시키고 길러내는 데 최선을 다했다고 하지요

우리 삶에서도 마찬가지입니다. 회사에서 직원들에게 줄 수 있는 최고의 복지는 '혹독한 훈련'이거든요.

다섯, 예수는 항상 철저하고, 철저하라는 수칙을 철저하게 지켰습니다

인간이 가장 위대해지는 것은 고독할 때입니다. 사실 우리의 불행은 그 고독함을 참아내지 못하는 데서 오는 것입니다. 예수는 40일간 금식하며 극복의 지혜를 얻었고, 자신의 사명이 뭔지를 깨달았습니다.

여섯, 예수는 새벽 기도를 하루의 중심 시간으로 여겼습니다

"오늘도 그는 조용히 일어난다. 피곤은 완전히 가시고 힘이 넘쳐흐른다. 제자들은 세상모르고 코를 골며 자고 있다. 그는 옷을 입고 살며시 잠자리에서 빠져나온다. 수 백 미터 걸어가 기도하기 좋은 곳을 찾는다. 때로는 나무 밑, 때로는 바위 옆을 기도 장소로 정한다. 간밤에 이슬이 내려 땅이 촉촉이 젖어 있다. 그는 땅에 무릎을 꿇고 간절히 기도를 드린다."

참 좋은 습관임을 알 수 있습니다. 새벽을 사랑하는 저는 그 귀한 시간이야말로 신이 주는 가장 큰 선물이라고 생각합니다. 그래서 날마다 그 귀한 선물을 두 손 모아 받습니다. 이른 새벽, 이슬 먹은 풀잎들의 속삭임을 들어보세요. 나무들과 새들이 합창하며 노래합니다. 바로 당신 안에 보물이 숨어 있다고.

일곱, 주어진 삶은 축제이니 즐기라는 말도 있습니다

제가 아는 지인 분께서는 "하루하루가 이벤트다"라고 말씀하시곤 밝게 웃으시곤 합니다. 'Life is Festival'. 충분히 즐기십시오.

여덟, 감사는 기적을 이룹니다

이 시간 귀한 분들께 이 독서 향기를 전할 수 있어 감사한 마음입니다. 이번주도 감사와 축제의 시간이 되시기를 소망합니다.

4 하버드 비즈니스 스쿨에서는 뭘 배울까?

인생에 대해서 불평하는 사람들은
거의 항상 인생으로부터
불가능을 요구하는 사람이다. - 어네스트 레넌

「하버드 MBA의 경영수업」 여한구 | 더난출판사

　해야 할 것도 많고 만나야 할 사람도 많은데 시간은 무심히도 흘러갑니다. 저는 지금 아무도 찾지 않는 공휴일 한 번 없는 꽉 찬 한 달, 4월을 보내고 있습니다. 더군다나 봄은 목표달성하기 참 좋은 시간이지요. 따뜻한 봄 에너지라는 계절의 보너스가 있기 때문입니다.

　오늘 봄의 기운과 사업의 기운이 함께 손잡고 승승장구

하시길 소망하면서 책 한 권 소개할게요. 예전부터 꼭 정리해서 보여드리고 싶었던 책 『하버드 MBA의 경영수업』입니다.

이 책은 시간이 날 때마다 다시 뒤적여 보는데, 이 책을 읽는 것만으로 하버드 경영수업을 대리 체험하는 생생함이 있습니다. 안방에 편안히 앉아서 경영수업을 받으니 기분도 참 좋지요. 그 느낌을 나누고 싶습니다.

하나, 하버드 MBA를 대리 체험한다

이 책은 저자 여한구 씨가 18년간 국내 정규교육을 모두 받은 뒤 HBS의 MBA 과정에 입학해서 졸업할 때까지 2년간의 생활을 고스란히 담은 것입니다. 하버드 MBA생들의 치열한 수업 과정부터 눈물 나는 취업일기, 화끈한 파티 문화, 클럽 활동까지 하버드 MBA생들의 1년 캘린더 그 전 과정을 다양한 에피소드로 풀어냈어요.

초 단위로 돌아가는 빡빡한 일정, 교과서 없이 비즈니스 케이스로 진행되는 수업, 콜드콜(cold call)의 공포, 국제적으로 움직이는 클럽활동, 연중 계속되는 세계 명사들의 특별강연회, 여름 인턴십을 위한 기업설명회 등, 하버드 MBA생들의 일상과 학과 시스템 등은 이 책을 읽는 독자의 손에

까지 땀이 나게 합니다.

둘, 글로벌 리더를 양성하는 아주 특별한 수업들

'글로벌 경쟁력을 갖춰라.', '리더가 되어라.' 이 두 가지는 요즘 우리 사회에서도 젊은이들에게 요구하는 숙명적인 과제입니다.

그런데 미래의 리더를 꿈꾸는 젊은이들 중 상당수가 글로벌이라는 이름하에 너무 쉽게 해외유학, 어학연수, MBA 등을 선택하고 떠났다가 예상외의 현실에 부딪쳐 기대만큼의 효과를 못 얻고 돌아오거나, 심지어 낙오하는 경우도 많아졌습니다.

해외유학, 어학연수, MBA 가기 전에 이 책을 읽어보시면 어떨까요. 하버드 MBA생들의 밤낮 없는 훈련 과정, 살아남기 위해 상대를 상어처럼 물어뜯는 전투적인 경쟁의 현장은 우물 안에 갇힌 젊은이들에게 글로벌 경쟁 시대의 살벌한 현주소를 생생하게 전해줍니다.

셋, 하버드에서 만나는 세계의 명사들

이 책을 읽으면서 무엇보다 부러웠던 건 하버드에는 세계 명사들의 초청강연이 끊이지 않는다는 점이었습니다.

워렌 버핏, 루 거스너 IBM 전 회장, 칼리 피오리나 HP 전 회장, 잭 웰치 GE 전 회장, 클린턴 전 미국 대통령, 달라이 라마, 원자바오 중국 총리 등 세계 리더들의 특별 강연에는 알려지지 않은 재미있는 일화들은 물론, 오늘날 세계를 이끌어가는 리더들의 진정한 리더십이 담겨 있습니다.

넷, 하버드 MBA에 관한 손에 잡히는 정보와 조언

하버드 MBA 과정에 입학하려면 무엇을 어떻게 준비해야 하는지에 대한 저자의 조언 역시 이 책의 내로라하는 특장점입니다. 예를 들어 하버드 비즈니스스쿨에서는 대학 이후의 커리어에 3개월 이상의 공백이 있으면 반드시 그 사유를 묻습니다.

따라서 대학 때부터 이력서를 관리해야 하고, 필요한 영어 점수는 2년 전쯤에 미리 준비하라고 말하고 있네요. 또한 이후에는 아시아 학생들을 집중 공략하는 일대일 영어 면접에 대비할 것을 권하기도 하는 등 여러 가이드들을 친절하게 안내해줍니다.

다섯, 당신의 꿈은 무엇입니까?

마지막 장을 덮는 순간 가슴이 설레는 것은 왜일까요.

이 책에는 문득 잊고 살던 도전이란 단어를 다시 생각하게 하는 힘이 있습니다. 늦은 순간이란 없다고, 누구나 글로벌 인재의 꿈, 커리어 개척을 위한 도전을 현실로 이룰 수 있다고 말합니다.

제가 알고 지내는 한 학구파 사업가 분은 56세가 되셨는데도 하버드 박사학위 준비를 혹독하게 하십니다. 언젠가 저도 그럴 날이 있겠지요?

이 글을 쓰는 오늘은 일주일의 한가운데입니다. 남은 시간 뜻하신 목표관리 잘 하셔서 큰 성취를 이루시길 바라면서, 여러분의 사업장에도 하버드 수업의 에너지를 배달해 보시면 어떨까요?

5 천재들의 공통점, 몰입의 힘

물 같이 행동하는 일이 필요하다.
물은 방해물이 없으면 흐른다.
둑이 있으면 머무른다.
그 둑을 치우면 또다시 흐른다.
그래서 물은 강하다. - 노자

「몰입」 황농문 | 랜덤하우스코리아

 늘 시간에 쫓기며 자유롭지 못한 게 우리네 삶이지요?
지난 며칠, 정말 시간의 소중함을 느낄 수밖에 없는 바쁜
일정이었습니다. 그러다 보니 마음이 초긴장 상태로 들어
서더군요. 어깨와 가슴을 누르고 있던 밀린 업무들을 조금
소화하고 나니 한결 마음이 가벼워졌습니다. 아무리 바빠
도 운동은 항상 우선순위! 굽이굽이 오솔길을 오르니 업무
에 눌려 복잡했던 머리가 한결 가벼워졌습니다.

그렇게 땀을 흘린 후 반신욕을 하면서 『몰입』이라는 책을 봤는데요. 그야말로 한달음에 신나게 읽어 내려갔습니다. 쫓기는 듯한 불안과 시간 부족에 대한 해답이 여기에 다 있었습니다.

바빠서 허겁지겁 급히 달려온 어수선한 삶이 보였습니다. 덕분에 어제 하루 잔뜩 쌓여 있던 업무를 하나씩 처리할 때 그 일에만 온전히 몰입할 수 있었습니다. 참신한 아이디어와 깔끔한 마무리까지, 고마운 책입니다. 이렇게 책은 언제나 길을 열어줍니다.

이 책의 저자 황농문님은 몰입이라는 걸 연구했을 때 막 황홀해서 지나가는 사람 아무나 붙들고 이야기해주고 싶었다고 했습니다. 제게는 독서경영이 그렇습니다. 좋은 책을 만나면 너무 황홀해서 주위 사람들에게 막 이야기해주고 싶답니다. 이 책갈피와 책갈피 사이에서 엄청난 일이 벌어지고 있다고….

하나, 몰입이란 무엇일까요?

느끼는 것, 바라는 것, 생각하는 것, 이 세 가지가 하나로 이루어지는 것입니다. 제 경우는 등산을 하면 산에 몰입하고, 책을 보면 저자에게 몰입합니다. 몰입한다는 것은 하나가 된다는 것입니다.

둘, 어떻게 하면 몰입할 수 있을까요?

다음의 5가지 조건이 필요하다고 해요.

* 목표를 설정합니다.

* 외부와 차단을 합니다.

* 규칙적인 운동을 합니다.

* 단백질 식사를 합니다.

* 혼자만의 공간을 설정합니다.

셋, 몰입에 이르는 순간 당신은 최고가 됩니다

몰입하게 되면 우리 뇌는 놀라운 활동을 하게 됩니다. 신선한 아이디어가 춤을 추고, 쾌감신경을 자극해 도파민을 생성합니다. 우리 자신을 자신감, 확신의 세계로 안내해줍니다.

넷, 몰입적 사고를 실천하는 유대인, 그들이 세계를 움직입니다

여기에 나오는 유대인들의 교육 방법이 가지는 7가지 특징, 정말 너무 좋다는 생각이 듭니다.

* 자녀교육은 부모의 의무이다.

* 부모는 자녀의 신세를 지지 않는다.

* 몸보다 머리를 써서 살도록 가르친다.

* 생각을 유도하기 위해 계속 질문한다.

* 배움은 꿀처럼 달콤하다는 것을 체험시킨다.

* 유대인으로서의 정체성을 교육한다.

* 성전을 통해 교육철학을 전수한다.

늘 시간에 쫓기는 밀린 업무가 마음을 더 바쁘게 만들지는 않으신지요? 여기서 비밀 하나 말씀드립니다. 몰입하면 시간이 뻥튀기처럼 10배로 늘어납니다. 자신과 일을 하나로 만들어 더 이상 바쁘지 않은 시간 부자가 되시기를 바랍니다.

6 언어의 연금술사로 거듭나는 실전적 지침

당신은 당신 자신을 향해서
진정한 웃음을 웃는 날부터
자라기 시작한다. - 에델 베리모어

「글쓰기의 공중부양」 이외수 | 해냄

글은 정신의 쌀입니다. 쌀을 떡으로 빚어 독자를 배부르게 할 수도 있고, 술로 빚어 독자를 취하게 할 수도 있습니다. 그것은 글 쓰는 이의 자유이지요. 다만 어떤 음식을 만들건 부패시키지 말고 발효시켜야 합니다. 부패는 썩는 것이고 발효는 익는 것이니까요.

하나, 글은 왜 쓰는 걸까?

그 답은 간단합니다. 행복해지기 위해서입니다. 글을 쓰고 나면 우리는 행복합니다. 물론 쓰는 순간은 고통이지만 그 고통을 즐기면 작품이 됩니다. 그렇게 작품이 잉태되면 카타르시스와 성취의 행복을 만나게 되지요.

둘, 무엇을 써야 하나?

남들 흉내를 내거나 어렵게 쓸 필요는 없습니다. 간절히 쓰고 싶은 것을 쓰면 됩니다. 글은 충동과 의욕에 의해서 쓰는 것입니다.

셋, 어떻게 쓸 것인가?

진실하게 쓰면 됩니다. 머리로 쓰지 말고 가슴으로 쓰면 되는 것입니다.

넷, 누가 읽어줄 것인가?

내가 쓴 글의 첫 독자는 바로 그 자신입니다. 그리고 자기 글을 읽을 때는 스스로 애정을 가지게 됩니다. 애정을 가지고 내 글을 읽어줄 독자가 있으면 좋습니다.

예를 들어 집 밥은 매일 먹어도 질리지 않습니다. 가족의 애정이 가미되어 있기 때문입니다. 반면 식당 밥은 애정이 결핍되어 있습니다.

다섯, 글이 밥을 먹여주는가?

밥도 먹여줍니다. 다만 많은 사람들을 감동시킬 수 있어야 합니다.

여섯, 좋은 글을 쓰는 비결이 있는가?

비결은 하나뿐입니다. 애정을 주는 것입니다. 내 글에 내가 애정을 주는 순간 그 글들도 내게 애정을 주게 됩니다. 그 애정으로 글귀들이 빛납니다.

일곱, 글을 쓰는 목표는 무엇인가?

우리가 글을 쓰는 건 최고의 경지라는 예술에 다다르기 위해서입니다. 소박한 미래의 일기를 쓰는 것도 좋습니다. 그것은 영혼과의 약속이 되고, 이 약속은 우리에게 엄청난 힘을 줍니다.

여덟, 글을 쓰기 위해서는 무엇이 중요한가?

글은 인간의 이야기입니다. 그래서 인연이 중요합니다.

인연에는 악연이 있고 호연이 있는데 어떤 인연을 맺고 있는가에 따라, 즉 노는 물에 따라 글도 달라집니다. 하지만 어떤 인연을 만나도 향내 나는 글을 쓸 수 있다면 악연은 없는 것입니다.

한국에 이외수 님이 있다면, 미국에는 글쓰기 대가 스티븐 킹이 있지요. 이외수 님이 발효되는 글쓰기를 하라 했다면, 스티븐 킹의 『유혹하는 글쓰기』에는 많이 읽고 많이 쓰라가 불문율입니다. 둘 다 새겨들을 말입니다. 그러나 이외에도 모든 글쟁이들이 하는 말이 있지요. 글이 삶이 되고 삶이 글이 된다는 말입니다. 머리를 믿지 말고 펜을 믿어야겠습니다.

펜의 힘, 독서의 힘, 당신의 경쟁력입니다.

7 경계를 허물고 긍정을 끌어내는 커뮤니케이션의 기술

웃음이 없는 사람은 용수철이 없는 마차와 같다.
그래서 길에서 자갈을 만날 때마다
덜거덕거릴 수밖에 없다. - 헨리 워드 비처

「히든 커뮤니케이션」 공문선 | 쌤앤파커스

　훌륭한 대화, 질 높은 대화란 무엇일까요? 이 책의 저자 공문선 씨는 보이는 대화와 보이지 않는 대화가 있다고 말합니다. 그리고 이 중에 보이지 않는 대화가 히든 커뮤니케이션입니다. 그런데 이 보이지 않는 대화가 더 중요하군요. 보이는 대화는 7%, 보이지 않는 대화가 93%라니 놀랍고 의외죠?

하나, 미팅에 참석할 때는 오른쪽에 앉아라

상대와 맞은편이 아니라 맨 오른쪽에 앉으면 친근함을 느끼게 하는 효과가 있다고 합니다. 스타킹 실험, 책, 사물을 통한 실험 사례들이 아주 흥미롭습니다. 또 사랑의 속삭임은 왼쪽 귀에 하면 더 깊은 감성을 울린다고 합니다.

둘, 상대와 같은 온도가 되어라

가령 취미가 낚시인 사람을 만날 때 내용을 모른다고 그냥 민숭민숭 듣지 말고, "낚시는 물고기를 낚는 게 하니라 세월을 낚는 것"이라고 말하면 어떨까요?

저 역시 언젠가 전경련 회장단 첫 워크숍을 갔을 때, 영화, 책, 운동, 여행 같은 이야기로 여러 사람들과 온도를 맞추었더니 금방 친해진 경험이 있답니다.

셋, 5시 15분에 만나라

이 부분에서 저는 "맞아!" 하고 무릎을 탁 쳤어요. 이 사람이 바쁜 가운데 나를 만나주는구나 하는 느낌을 주고, 시간 낭비를 줄일 수 있거든요.

넷, 좋은 대화를 하려면?

1) 의사가 되어라 : 진단하듯 진심과 사실을 전하는 거죠.

2) 메뉴판이 되어라 : 맛있는 메뉴를 고르듯 상대가 대화를 선택하도록 하면 심리적 부담이 줄겠지요?

3) 바람둥이가 되어라 : 연애하듯 유혹하는 대화야말로 긴장감 있고 멋집니다.

다섯, 부부싸움의 기술

밤마다 헤어지기 싫어서 결혼했는데, 10년 내에 이혼하는 부부가 전체의 7분의 1이라고 합니다. 왜 그럴까요? 아마 결혼한 분들은 다 아시리라 생각합니다.

장미빛 환상은 깨어지고 현실은 냉혹하니까요. 이때 서로 상처주지 말고 숨겨진 몸짓 언어를 활용하고 서로의 경계를 허무는 대화법이 꼭 필요합니다.

여섯, 말에 품격을 담자

외모로 승부하지 말고 인격으로 승부하라는 말이 있지요? '비비불 미인대칭' 이라는 말이 있습니다.

비난 비평 불만 하지 않고, 미소 짓고, 인사하고, 대화화고, 칭찬하는 것.

이 책을 읽으니 다음 세 가지 대화법이 생각났습니다.

1) 래리 킹의 123 법칙 : 한 번 말하고, 두 번 끄덕이고, 세 번 맞장구쳐라.

2) 오바마와 오프라의 123법칙 : 쉽게 말하고, 진심을 말하고, 재미있게 전달하라.

3) 나폴레옹과 다이애나의 123법칙 : 맞장구 치고, 추임새 넣고, 오케이하라.

글쎄요, 여러분은 어떻게 느끼셨나요? 저는 뭐니 뭐니 해도 최고의 대화는 '추임새'라고 생각해요. "그래, 맞아, 그럼 그렇지, 그랬구나, 오케이, 멋져요!"

함께 대화하고 싶은 사람이 있고, 막 기분이 좋아지는 편안한 사람이 있습니다. 그 핵심에는 보이지 않는 대화, 추임새가 있습니다.

한마디로 요약하자면 '추임새 대화', 괜찮은가요?

8 재능을 갖추면, 세상도 나를 사랑한다

인간은 가능성의 보따리다.
그의 인생이 끝나기 전에 인생이 그에게서
무엇을 꺼내는가에 따라 그의 가치가 정해진다.
- 해리 에머슨 포스딕

『최고의 나』 존 맥스웰 지은이 | 한근태 옮긴이 | 다산라이프

정말 추운 날씨에 씁니다. 전국이 꽁꽁 얼어붙었네요. 다들 건강 조심하셔야겠습니다.

어제는 책을 좋아하는 한 CEO와 저녁을 함께 했어요. 밥 먹는 것도 잊고, 대화를 먹고 있었습니다. 맛있는 대화가 밥반찬이 돼서 더 즐거운 저녁상이었답니다. 기분이 아주 좋아져서는 선뜻 제가 좋아하는 책 한 권 선물해드리고 싶은 시간이었습니다.

존 맥스웰의 『최고의 나』라는 책을 보셨는지요? 소중한 사람들에게 선물하기 참 좋은 책입니다.

사람들과 만나서 이야기를 하다보면 점점 그 사람이 빛나 보일 때가 있습니다. 저 사람은 대체 내공의 깊이가 어디까지일까, 놀라면서 궁금해지게 됩니다. 그런데 알고 보면 그게 다 방대한 독서 덕이라는 걸 잘 알고 계시지요? 역시 도서관 회원증은 운전면허증보다 우리를 더 좋은 곳으로 데려다 줍니다.

실제로 이런 사람과 하는 대화는 참 매력적입니다. 왜 그럴까요? 『최고의 나』는 이런 사람들이야말로 타고난 재능에다 플러스알파를 13가지나 더한 사람이라고 말합니다.

하나, 재능보다 덕이 우선이다

"재승덕(才勝德)하지 말고 덕승재(德勝才)하라. 재능이 조금 떨어지더라도 덕이 있는 사람이 돼라."

부자나 성공한 사람이 되기 전에, 먼저 인간이 되라는 뜻입니다.

둘, 재능을 이끌어내는 힘, 믿음

1) 재능+믿음 = 그 무엇도 절망하게 할 수 없는 힘

셋, 레오나르도 다 빈치가 다재다능해 보이는 이유는 무엇일까요?

다 빈치는 조각가, 훌륭한 운동선수였으며, 동시에 뛰어난 음악가였고, 실력 있는 가수였으며, 글을 쓰는 작가였습니다. 그러나 그런 그의 재능이 그냥 나왔을까요? 아닙니다. 그는 죽을 때까지 배우고 노트에 적었으며, 인간의 배움에 대한 능력을 누구보다도 사랑했답니다.

세상에서 가장 소중한 사람은 누구일까요? 부모님, 자녀, 친구 모두가 소중한 사람들입니다. 하지만 가장 소중한 사람은 역시 '나 자신'이겠지요?

최고의 나, 세상에 하나뿐인 나, 진실하고 귀한 나를 만들고 싶으신지요? 그렇다면 플러스알파를 하시면 됩니다.

" 나 + 알파 "

나 자신에, 세상에 없는 무언가를 '하나 더' 더하면 '최고의 나'가 됩니다. 제품에, 세상에 없는 무언가를 '하나 더' 더하면 '최고의 제품'이 됩니다.

실제로 하버드대학에서 오감, 육감을 넘어 칠감이 무엇인가 연구해보니 바로 자존감이었다고 하지요.

매력적인 나, 사랑스런 나, 하나뿐인 나입니다. 가족에게, 친구에게, 직원에게 자존감을 부여하면서 서로 성장하는 삶 되시기를 소망합니다.

9 부와 성공을 끌어내는 비밀의 답안지

희망은 사람을 성공으로
이끄는 신앙이다.
희망이 없다면 아무것도
성공하지 못한다. - **헬렌 켈러**

『**해답**』 **머레이 스미스, 존 아사라프** 지은이 | **이경식** 옮긴이 | **랜덤하우스코리아**

읽으면 가슴이 뛰는 책이 있습니다. 머리가 맑아지는 책이 있습니다. 한 번 더 읽고 싶은 책이 있습니다. 책상 위에 오래도록 두고 싶은 책이 있습니다.

오랜만에 그렇게 가슴에 품고 싶은 고마운 책을 만났습니다. 저는 이런 책을 일컬어 '운명의 책' 이라고 부르는데요. 이런 운명의 책을 만나면 곧바로 서재 특별석에 앉힙니다.

그중에 하나가 바로 머레이 스미스의 『해답』입니다.

성공과 실패의 차이는 무엇일까요? 가슴 뛰는 심장의 소리를 귀로만 듣는 사람은 실패하는 사람, 이를 현실의 세계로 끌어내어 행동으로 실천하는 사람이 성공하는 사람입니다.

메아리가 오래오래 귀전을 맴도는 문장이지요?

최근 새로 시작하는 사업 때문에 마음이 늘 불안하고 걱정으로 가득했습니다.

과연 내가 성공할 수 있을까, 실패하면 어떻게 될까, 나는 어떻게 되고 직원들은 어떻게 될까?

고민으로 얼굴과 마음은 온통 불안감에 떨고 있었는데 역시 이에 대한 해답도 있군요.

"걱정은 나를 향한 저주다."
"당신이 걱정하는 동안 뇌는 '실패'라는 단어를 입력한다."

이 두 마디가 한줄기 정화수가 되어 고민으로 얼룩진 얼굴을 시원하게 씻어주었습니다.

다음은 저자가 비밀스럽게 속삭이는, 인생을 성공으로 이끄는 4가지 법칙입니다.

하나, 끌어당김의 법칙 Law of Attraction

우주가 주는 선물을 끌어당기는 방법은 너무 간단합니다. 구하고 믿고 받으면 됩니다. 저자는 이 우주가 언제나 우리에게 줄 성공이란 선물을 준비하고 있다고 말합니다.

둘, 잉태의 법칙 Law of Gestation

혹시 어떤 일을 시작해놓고, 왜 이렇게 성과가 늦는지, 혹시 내가 잘못 하고 있는 건 아닌지 불안해진 적이 있으신가요? 그럴 때 귀 기울여볼 만한 말입니다.

"사업을 시작할 때 인내할 시간이 반드시 필요하다. 씨를 뿌릴 시기가 있고 수확을 거둘 시기가 따로 있다. 껴안을 시기가 있고 껴안지 말아야 할 시기가 있다.

특정한 씨앗이 계획의 형태에서 물질적인 형태로 전화하려면 숙성 기간이 필요하다는 것이다. 당근은 씨앗에서 땅에 심어 온전한 당근이 되려면 70일이 걸린다. 양은 수정이 되어 태어날 때까지 약 145일이 걸리며, 인간은 약 280

일이 걸린다."-p 71

셋, 행동의 법칙 Law of Action

"성공의 씨앗도 물을 주지 않으면 자라지 않는다. 해야 할 행동이 정해졌다면 날마다 끈기를 가지고 밀어붙여라."-p 133

사람은 목표가 생기면 부지런해집니다. 가슴 속에 꿈을 품고만 있는 사람이 있고, 그 꿈을 위한 행동이 습관처럼 실천하는 사람이 있지요.

나폴레옹은 말했습니다. "행동하라. 부자가 될 것이다."

넷, 보상의 법칙 Law of Compensation

저자는 어떤 물건을 팔 때 이렇게 질문해보라고 말합니다.
"당신의 제품을 고객이 진정으로 원하는가?"

보상이란 그 제품을 많은 사람들이 원할 때 주어지는 우주의 선물이라는 것입니다. 우리도 마찬가지입니다. 스스로에게 질문해보셔야 합니다.
"나는 그런 삶을 정말 원하는가? 나는 성공을 원하는가?"

이런 마음으로 하루하루 열심히 달려 성공했다면, 그것
은 자신의 열망을 가슴 깊이 간직하고 열정적으로 행동한
데 대한 우주의 선물일 겁니다.

10 똑똑하게 말하고, 자유롭게 소통하라

아는 것을 안다 하고
모르는 것을 모른다고 하는 것이
말의 근본이다. - 순자

『유정아의 서울대 말하기 강의』 유정아 | 문학동네

　말을 잘 한다는 것은 결국 소통을 잘하고 싶다는 것과 관련이 있습니다. 똑똑하게 말하면서도 상대와의 공감을 놓치지 않는 대화, 정말 마음에 남는 대화일 텐데요.

　이 책의 저자 유정아 씨는 서울대 말하기 강의 1호 강사이자 아나운서입니다.

　『유정아의 서울대 말하기 강의』를 보니 배우고 싶은 것이 4가지나 되더군요.

첫번째는 달콤한 입맞춤 같은 대화, 두 번째는 드라마틱한 스피치, 세 번째는 시끄럽게 진행하는 격렬한 토론법, 그리고 마지막은 대화의 진정성을 보여주는 법이었습니다.

그렇다면 지금부터 아나운서 유정아가 전수하는 스피치 노하우를 살펴보도록 할게요.

하나, 자신을 평가하는 습관을 버려라

우리가 말을 제대로 못하는 이유 중에 하나는 내 모습이 어떻게 보일까 하는 평가에 대한 불안 때문이라고 하네요. 따라서 '나는 어떤 사람이다' 라는 객관적인 사실을 담담하게 수용할 필요가 있습니다. 또한 청중을 내 비판자가 아닌 수용자로 받아들이고, 나를 불안하게 만드는 요소들의 목록을 만들어서 막연한 감정을 구체화하고 두려움의 실체와 맞서 싸워야 합니다.

둘, 제대로 들어라

제대로 듣지 않는 자는 제대로 말할 수 없습니다. 듣고 싶은 것만 들으려는 습성, 세부에 집중해 큰 흐름을 놓치는 경향, 내용 대신 말하는 사람을 평가하는 버릇 등 듣기를 방해하는 심리적 잡음을 최대한 줄여야 말 잘하는 것이 가능해집니다.

셋, 청중에게 집중하라

지금 내 이야기가 상대가 듣고 싶은 이야기인지, 그들에게 유용한 정보인지, 흥미롭지만 어렵지 않은지, 특정 주제를 말하기에 자신이 적절한 사람인지 따져보아야 합니다. 상대와 눈을 맞추고 반응을 살펴 말의 속도, 자세 등을 조절할 필요도 있지요.

넷, 마음을 움직여라

주장을 하고 설득하되 이기려 들 필요는 없습니다. 사람의 마음은 꼭 논리적으로 옳은 것이라고 해서 그대로 움직이지 않습니다. 즉 토론에서 논리로 상대를 압도하고 배척하려는 순간, 그의 마음을 움직이는 데도 실패하게 되지요.

다섯, 상대의 논리를 근거로 삼아라

우리가 펼치는 대부분의 주장은 우리 안에서만 맞는 이야기인 경우가 많습니다. 하지만 논리와 논리가 접점을 찾지 못하면 평행선만 그릴 뿐입니다. 상대의 논리를 근거로

자신의 논리를 설명하면 훨씬 설득력과 포용력 있는 대화
가 가능해집니다.

여섯, 체계적으로 설계하라

프레젠테이션에는 설계가 중요합니다. 어떤 주제냐에
따라 공간적 설계 · 범주적 설계 · 비교적 설계 · 시간적 설
계 · 연유적 설계 중 가장 적합한 방식을 따르고 묘사 · 시
연 · 정의 중 알맞은 디자인 방법을 선택해 꼼꼼히 설계해
전략적인 전달을 할 수 있습니다.

일곱, 단계적으로 설득하라

대화 역시 한꺼번에 결과를 기대해서는 안 됩니다. 작은
논제에 대한 동의부터 얻어 상대가 마음의 문을 열도록 유
도해야 합니다.

여덟, 말하기 오류에 유의하라

상대에게 상처를 줄 수 있는 말이나 자신의 의견에 불과
하면서 검증된 사실인 양 포장한 말, 현학적이기만 한 말,
대중에 영합하거나 잘 보이기 위한 말은 반드시 삼가야 합
니다. 또한 성급한 일반화 · 인신공격 · 과도한 비약에 주의

할 필요가 있습니다.

아홉, 방어적인 태도를 버려라

면접을 본다고 상상하면 됩니다. 면접은 조직과 개인 모두에게 좋은 어떤 것을 얻기 위해 함께 노력하는 기회일 수 있습니다. 그리고 면접이 끝나면 당시 상황을 되돌아보고 스스로 느낀 약점을 보완할 방법을 찾는 것이 말하기 기술을 늘려가는 한 방법이겠지요.

그러나 이 모든 말의 기술보다 중요한 것이 있습니다. 바로 마음과 마음에서 전달되는 진정성이지요. 아무리 현란한 말솜씨도 마음의 진실이 없다면 허깨비와 같습니다.

오늘 내가 하는 수백, 수천 마디의 말들, 과연 상대의 가슴을 울리는 진실의 말은 몇 마디나 될까요?

소통하고 대화하는 가운데 우리는 성장합니다. 여러분도 오늘 하루, 더 많은 이들과 만나 좋은 마음을 나누는 시간 가지셨으면 합니다.

2장

마케팅에 유용한
책 읽기

1 마음을 울리는 이야기가 고객의 사랑을 불러온다

한 마디의 친절한 말은
겨울철 3개월을 따뜻하게
살도록 만들어준다. - 일본 속담

『스토리텔링의 기술』 바리스 야카보루, 크리스티안 부츠,
클라우스 포그 지은이 | 황신웅 옮긴이 | 멘토르

　미래학자 다니엘 핑크는 아무리 생각해도 대단한 통찰력을 가지고 있는 것 같습니다. 그는 미래 키워드를 디자인, 스토리, 공감, 놀이, 조화, 의미의 6가지로 명료하게 정의했는데, 이게 참 신기합니다.

　2006년도에 그 책을 읽었을 때 크게 공감하기도 했지만, 세월이 흐를수록 그 예언이 현실화되고 있는 걸 눈으로 확인할 수 있었거든요.

오늘은 그 6가지 예언 중에 스토리에 관련된 책 『스토리텔링의 기술』에 대한 짧고 재밌는 리뷰 전해드릴게요.

스토리텔링은 브랜드를 중시하는 기업들에게는 미래를 여는 가장 강력한 도구입니다. 기업과 제품에 이야기를 담아 고객들의 감성을 자극하는 방법인데요. 지금부터 중요한 질문들을 던져볼게요.

하나, 왜 브랜딩에 스토리텔링을 이용할까요?

도미노 피자에 유명한 예화가 있습니다. 언젠가 도미노 피자 직원들이 한 달 동안 검은색 추도 띠를 유니폼 위에 두르고 근무를 한 적이 있었어요. 반죽을 제때 배달하지 못해 피자 생산이 늦어지는 사고 때문에 고객을 실망시킨 데 대한 속죄의 마음으로 유니폼 위에 검은색 띠를 맨 것이지요.

결국 도미노 피자는 고객과의 약속을 지키고자 하는 기업의 책임감을 보여줌으로써 고객들에게 강력한 메시지를 전달할 수 있었습니다. 즉 '세계 최고의 피자 배달 기업' 스토리를 이용해 기업의 비전을 직원과 고객에게 쉽게 전달한 셈이지요.

그 다음은 어떻게 되었을까요? 직원도 고객도 감동했습니다. 감성이 힘이 세다는 걸 알 수 있는 대목입니다.

둘, 스토리텔링의 4가지 요소

1) 메시지 - 하나의 메시지에 하나의 스토리를 담아라.

2) 갈등 - 갈등이 없다면 스토리는 존재할 수 없다.

3) 등장인물 - 대상이 되는 구체적인 등장인물을 만들어라.

4) 플롯 - 시작, 중간, 마무리의 세 부분으로 나누어라.

셋, 모든 기업은 스토리 소재를 가지고 있습니다

이 책을 읽고 나면 강력한 브랜드는 외부가 아닌 내부에서 시작되어 완성된다는 것을 알 수 있습니다.

1) 나이키 - 승리를 향한 의지

나이키는 올림픽 선수들이 혹독한 시련 속에서도 끝까지 포기하지 않고 승리를 향해 절박한 의지를 불태우는 모습을 보여줌으로써 '승리의 정신' 스토리를 완성시켰습니다.

2) 샤넬 No. 5 - 마릴린 먼로

미국의 최고 섹시스타 마릴린 먼로에게 기자가 물었습니다. "침실에서 어떤 옷을 입고 자나요?" 그러자 마릴린 먼로가 대답했지요. "샤넬 No. 5 두 방울이요."

이 이야기는 샤넬 No. 5의 폭발적인 판매량에 지대한 영향을 미쳤지요.

3) 애플 컴퓨터의 동화 모델

후원자 → 창조적 다양성 → 틀을 벗어난 사고를 하는 컴퓨터 사용자 → 스티브 잡스와 애플의 창조적 마인드 → 독창적인 디자인과 사용자 중심의 소프트웨어

4) 스타벅스 - 로맨스는 칵테일보다 커피를 찾는다

스타벅스는 커피하우스에서 만난 커플이 사랑에 빠질 확률이 더 높다는 이야기를 이용했습니다. 실제로 미국인들은 로맨스를 찾아 헤맬 때는 칵테일보다 커피를 더 선호하거든요. 이는 고객이 스토리의 일부가 되어 새로운 가능성을 열어준 경우입니다. 비단 기업이 아니라도 가슴을 적시는 아름다운 스토리는 한 존재에 힘을 실어줍니다.

여러분의 스토리는 어떤지 궁금합니다. 각자의 삶에서 더 아름다운 스토리를 이끌어가는 주인공이 되시기를 바랍니다.

2 유쾌 통쾌 상쾌한 센스 배우기

신은 사람을 심판할 때,
머리가 아닌 가슴을 만져본다. - 헌트

『센스가 없다면 벤츠를 꿈꾸지 마라』 이현 | 브레인스토어

　가끔 저도 "나는 얼마나 센스 있는 사람일까?" 질문해볼
때가 있습니다. 센스가 얼마나 있는가를 가늠하는 척도를
센스지수(SQ)라고 합니다.

　그렇다면 이 센스지수를 높이기 위한 지름길은 무엇일
까요? 저자 이현 씨는 센스란 선천적인 것이 아니라 노력을
통해 만들어지는 것이라고 말합니다.

　여자 친구 선물을 고를 때, 멀리 있는 친구들이 보고 싶

을 때, 이력서나 자기소개서 쓸 때, 회의가 지루하게 느껴질 때, 각종 모임을 신나게 하고 싶을 때, 센스 있고 유머스럽게 말하는 트레이닝 비결은 무엇일까요?

하나, 센스란 무엇일까요?

어떤 상황에 적합하게 던지는 말이나 행동, 재치, 위트, 유머, 옷차림, 매너, 일하는 능력처럼 남들과는 다른 생각과 방식, 표현 모두를 센스라고 할 수 있어요.

둘, 센스가 왜 필요할까요?

먼 길을 걷느라 갈증이 난 한 나그네가 있었습니다. 그때 우물가에 있던 한 여인은 그가 물을 달라고 하자 혹시 급하게 마시다 체할까 싶어 나뭇잎을 띄워주었지요. 정성일까요? 배려일까요? 그건 센스입니다.

유머가 있다는 것은 말하는 센스가 있는 것이고, 일을 잘한다는 것은 업무를 처리하는 센스가 있다는 것이죠.

셋, 감성지수가 아닌 센스 지수(SQ)를 높이기 위해

1) 남다르게 생각하기

2) 재치있게 표현하기

3) 재미있게 일하기

4) 악착같이 실천하기

혼히 센스 없는 남자는 여자를 슬프게 하고, 센스 없는 여자는 남자를 힘들게 한다고 하죠. 똑똑한 사람은 잊혀져도 센스 있는 사람은 잘 잊혀지지 않습니다.

Give and Take가 아닌 Feed back하는 사람, 이것이 생각과 행동의 차이를 보여줍니다.

그냥 사는 것과 잘 사는 것의 차이를 알게 해준 책입니다. 상대가 무엇을 필요로 하는지를 먼저 알아서 주는 센스··센스··! 센스 있는 한주일 되세요!

3 세일즈는 인간을 유혹하는 최고의 기술

미소는 정신이 뛰어나고 훌륭하다는 것의
가장 미묘하고도 뚜렷한 표시이다.
- 생트뵈브

『4인의 거장 세일즈를 말하다』 **톰 샌트** 지은이 | **남문희** 옮긴이 | **황금나침반**

　우리가 살고 있는 이 세상은 자본주의 사회, 즉 모든 것이 시장으로 통하는 시대입니다. 특히 상품을 판매하는 입장이라면 시장의 부름에 귀를 기울여야 하지요.

　그 부름에 제대로 응하면 '상을' 받지만, 그에 반하면 '벌'을 받게 됩니다. 자본주의 사회에서는 언제나 시장이 답이기 때문이죠.

　세일즈는 '물건을 파는 것'이기도 하지만 나를 파는 일이기도 합니다. 따라서 좋은 세일즈를 하기 위해서는 친분을 맺고 싶은 사람이 되는 것이 우선입니다.

기업은 물론 나라도 대통령도 자신을 잘 팔아야 이길 수 있는 세상이거든요.

오늘은 세일즈 거장들의 전략에서 승리하는 마케팅을 배워보도록 할까요?

하나, 데일 카네기 - 관계가 세일즈를 만든다

카네기 하면 떠오르는 게 있으신가요? 아시는 분들은 잘 아시겠지만 바로 '인간관계' 입니다. 카네기는 무엇을 팔 것인가, 즉 물건을 팔 것인가, 나를 팔 것인가 하는 질문에 대해 "고객과의 관계를 팔라"고 조언합니다.

다시 말해 카네기의 성공 원리는 스스로를 거래하고 싶은 사람으로 만들라는 것입니다.

둘, 엘머 휠러 - 언어로 고객을 유혹하라

스테이크를 팔 때도 스테이크 자체를 파는 것보다 '지글지글' 하는 소리를 맛있게 팔라는 것이 휠러의 조언입니다. 맛있는 유혹을 팔라는 말입니다. 참 멋지죠?

셋, 조 지라드 - 고객의 범위를 넓혀라!

그는 진정한 인맥 경영은 새로 인맥을 만드는 것이 아니라 기존 인맥을 잘 관리하는 것이라고 했습니다. 즉 새로운 인맥을 불려가기보다 내게 친밀한 인맥을 관리하는 것이 우선입니다.

언젠가 제 멘토인 한국기업마케팅 김 원장님은 세상에서 최고의 마케터를 '하나님'이라고 하시더군요.

실제로 지구상 수많은 사람들은 하나님을 사고 싶어 합니다. 하나님은 세일즈를 하지 않음에도, 늘 사람의 마음을 얻고 있습니다. 그렇게 마음을 얻으면 영원한 충성고객이 생깁니다.

즉 사람의 마음을 얻는 것이 세상에서 가장 훌륭한 마케팅입니다. 가족의 마음, 직원의 마음을 얻는 최고의 마케터가 되시기를 기원합니다.

4 감동이 최고의 마케팅 도구가 될 때

만일 현재와 과거를 경쟁시킨다면
반드시 미래를 놓쳐버리고 말 것이다. - 처칠

『유니크 브랜딩』 **스캇 데밍** 지은이 | **황부영** 옮긴이 | **비앤이북스**

저는 미래 시대를 이끄는 키워드를 크게 5가지로 봅니다. 글로벌, 마케팅, 디자인, 스토리, 브랜드이지요. 이 5가지 키워드에 관심이 많다 보니 이런 키워드를 가진 책은 유난히 구미가 당깁니다.

오늘 소개드릴 책은 긍정적인 알파(a) 컨슈머를 만드는 힘에 대해 이야기하는 책 『유니크 브랜딩』입니다. 책 속으로 함께 들어가 볼까요?

하나, 유니크 브랜딩이란?

유니크 브랜딩은 진정성과 관련 있는 인간 간의 소통, 즉 소통을 통해 서로의 진정성이 전해지는 것을 말합니다.

둘, 알파(a) 컨슈머란?

그리스어로 '첫째가는' 이라는 뜻을 지닌 알파와 '고객' 을 뜻하는 컨슈머(Consumer)의 합성어로, 제품에 대해 단순한 정보뿐 아니라 감성적 정보와 평가까지 덧붙여 퍼뜨리는 '첫 번째 고객' 을 뜻합니다.

셋, 진정한 브랜드란?

브랜드는 손이 아니라 품성으로 만듭니다. 브랜드를 만들어내는 것은 지식이 아니라 행동입니다. 브랜드를 좌우하는 것은 재능이 아니라 관계입니다. 그리고 혼자보다 여럿이 언제나 옳습니다.

실제로 어떤 브랜드가 귀하게 느껴지는 것은 재능이나 테크닉 때문만은 아니지요? 브랜드 속에 그대로 녹아 있는 살아온 세월이나 살아가는 방식 때문인 경우가 더 많지요. 이런 면에서 진정한 브랜딩이란 마음으로 느끼는 것, 소통을 통해 진정성이 전해지는 것이라고 할 수 있겠습니다.

넷, 우리는 모두 브랜드입니다.

기업이든 개인이든 우리는 모두 브랜드이지요. MS, GE, 월마트뿐만 아니라 1인 기업인도 마찬가지입니다. 그 자신이 브랜드이고 브랜드가 그입니다.

20년간 브랜드 관리에 성공한 오프라 윈프리의 비결은 무엇일까요? 바로 진실함, 솔직함이었습니다. 이런 솔직함과 진정성은 브랜드 약속의 보증수표입니다.

오프라가 북클럽을 시작했을 때 이름도 들어보지 못한 책이 순식간에 베스트셀러가 된 것도 바로 그녀를 믿는 신뢰도가 높기 때문입니다. 오프라 자체가 하나의 브랜드니까요.

다섯, 브랜드는 물건이 아닌 사람들 간의 소통입니다

여러분의 주변 사람들은 여러분의 브랜드를 보여줍니다. 여러분의 브랜드를 칭찬해줄 수도 있고 험담할 수도 있습니다. 그리고 이런 상황에서 주변 사람들과 어떤 관계를 맺는가가 브랜드의 품격과 직결되지요. 고객 한 사람 한 사람과의 관계를 브랜드 중심에 놓고 세심한 주의를 기울여야 하겠습니다.

모든 것이 브랜드로 통하는 세상입니다. 진정한 브랜드
는 사람이 사람에게 감동을 받는 것입니다. 그 감동이 경
험을 만들어내고 그 경험이 브랜드를 결정합니다.

진정성으로 알파 컨슈머를 만들어 최고의 브랜드로 태
어나시기를 바랍니다.

5 나라는 브랜드, 그리고 나를 찾는
고객들

생활의 기술은
고통을 제거하는 것이 아니라
고통과 함께 성장하는 것이다.
- 버나드 바루치

「당신의 이름을 마케팅하라」 김종원 저 | 라이온북스

    소비자는 브랜드에 민감합니다. 그 브랜드의 제품이 자신의 소비 성향과 취향 등을 대변한다고 믿기 때문이지요. 실제로 기업은 제품을 팔지만 소비자는 브랜드를 산다는 말도 있지 않습니까?

    그래서 소비자는 같은 물건이라도 이왕이면 자기가 선호하는 브랜드의 제품을 사고, 브랜드를 위해서는 기꺼이 지갑을 엽니다.

사람도 어떻게 보면 하나의 브랜드죠? 각자 가진 개성과 특성, 그리고 매력 같은 것이 '나' 라는 브랜드가 되는 거지요. 『당신의 이름을 마케팅하라』는 바로 하나의 브랜드인 나를 마케팅하고 주목 받게 하는 방법에 대해서 이야기하고 있어요.

하나, 명품 브랜드일수록 선호도가 높다

제품에 브랜드가 있다면, 개인은 퍼스널 브랜드(Personal Brand)를 가집니다. 예를 들어 LG전자의 김쌍수 부회장은 'SS김(Six Sigma Kim)' 이라고 불리지요. 이른바 혁신 전도사라는 뜻인데요. 안철수 연구소의 CEO 안철수 씨, 이분도 컴퓨터 계의 슈바이처라 불리며 자기만의 브랜드를 가지고 있지요.

또한 아시아의 우타히메(노래하는 공주)라고 불리는 가수 보아 씨는 어떨까요? 바로 이처럼 하나의 대표적 이름으로 불리는 것들이 바로 퍼스널 브랜드의 대표적인 예들입니다.

둘, 기타치고 노래하는 강사들

세상의 괴짜들 중에 괴짜가 많은 곳이 바로 강연 강사들의 세계입니다. 이들은 각각의 개성에 맞게 청중들의 주의를 끌어당기는 데 능하거든요. 중요한 핵심 메시지는 짧고 강하게 전달합니다. 예를 들어 유행가 가사를 개사하여 노래로 청중들에게 전달하기도 하지요. "교육은 지루하다는 통념을 깨버렸다.", "교육 내용이 귀에 쏙쏙 들어온다." 같은 뜨거운 반응이 있는 강의들은 대개 강사가 하나의 브랜드가 되어 청중들의 시선을 사로잡는 경우입니다.

셋, 자기 브랜딩 성공전략 5단계

1단계 - 리더십: 희생을 두려워하지 않는 미래형 리더

2단계 - 차별화: 나만의 컨셉을 만드는 창조적 외로움

3단계 - 인간관계: 관계 속에 숨겨진 인간관계 성공 법칙

4단계 - 일하는 방법: 본질을 꿰뚫는 에센스 워크

5단계 - 실행: 결과를 만드는 해답

넷, 나이키는 운동화를 팔지 않습니다

나이키의 기원은 그리스 신화에 나오는 승리의 여신입니다. 콜라 하면 코카콜라, 햄버거 하면 맥도날드이듯이 운동화 하면 곧바로 나이키가 떠오르지요.

나이키는 93년도에 1억 켤레가 판매됨으로써 스포츠 용품 시장에서 부동의 1위를 차지하고 있고, 현재 미국 시장의 40퍼센트를 지배하고 있습니다.

그런데 나이키가 이렇게 부동의 황제 자리를 누리는 게 그저 제품이 훌륭해서일까요? 아닙니다. 나이키는 이제 운동화가 아니라 꿈과 희망의 브랜드이지요. 이를테면 내 아이에게만은 나이키를 신게 해주고 싶다, 시련을 극복하고 승리를 향해 질주하는 운동선수의 꿈을 심어주고 싶다, 이런 느낌을 전달하기 때문입니다. 즉 나이키는 운동화와 함께 꿈과 희망, 승리에 대한 집념, 전문성 등도 함께 파는 것입니다.

1년 동안 넉넉하게 살고 싶으면 벼를 심고, 10년 동안 넉넉하게 살고 싶으면 나무를 심고, 100년 동안 유복하게 살고 싶으면 이름값을 키우라는 말이 있습니다. 이름의 빛남은 나이가 들어도 시들지 않습니다. 오히려 시간을 거듭해 점점 더 쌓이게 되지요.

나를 알리는 가장 좋은 방법, 내 브랜드를 알리는 방법이라는 것을 꼭 기억하시길 바랍니다.

6 진부한 아흔아홉을 버리고 획기적인 하나를 찾아라

기회는 새와 같다.
날아가기 전에 꼭 잡아야 한다. - 쉴러

『세상에 없는 마케팅을 하라』 **기획이노베이터그룹** 엮은이 | **토네이도**

　선구자들의 특징은 가장 먼저 그 길을 걸은 사람이라는 점입니다. 우리 부모님들은 자식들을 크게 키우실 때 이런 말씀을 하셨지요.

　"남이 가지 않는 길을 가라, 항상 최초가 돼라."

　마케팅에서도 이런 원칙이 별다르지 않은가 봅니다. 『세상에 없는 마케팅을 하라』는 안일하고 진부한 길을 버리고 새 길을 창조하는 게 마케팅이라고 말합니다.

하나, 익숙한 아흔아홉은 버리고 획기적인 '하나'를 찾아라

상품의 기획부터 디자인, 제작, 판매, 서비스 등에 이르기까지 마케터는 바야흐로 전사적 영역을 아우르는 T자형 인재가 되어야 한다는 것이 이 책의 요지입니다.

둘, '차별화를 뛰어넘는 차별화'에 집중하라!

아무리 뛰어난 신기술로 무장한 제품을 만든다 해도 얼마 지나지 않아 시장에는 유사제품이 넘쳐나는 게 요즘 시장입니다. 어느 한 기업이나 브랜드가 기술적인 수준에서 독보적인 차이를 항상 담보하기가 어려워진 것이지요.

고객이 원하는 것은 첨단 제품이 아닙니다. 고객의 니즈와 가치를 귀신 같이 찾아내 처음 맛보는 만족을 선사할 수 있을 때 그들도 비로소 지갑을 엽니다.

셋, 1등을 따라하는 방식으로는 절대로 경쟁력을 갖출 수 없다

1등보다 앞서가는 것도 대안은 아닙니다. 1등조차 가지지 못한 새로움을 만들어내야 비로소 진정한 차별화를 이룰 수 있는 것입니다.

넷, 마케팅은 비즈니스 혁신의 심장이다!

최근 들어 마케팅의 역할과 영역이 점점 확대되고 있습니다. 상품 자체보다도 그것을 알리는 일이 중요해진 것이지요. 마케팅은 너무 중요해서 마케팅 부서에만 맡겨둘 수 없다는 데이비드 패커드의 말은 21세기 경영자들에게 금과옥조로 회자되고 있습니다.

즉 말단사원부터 CEO까지 어떻게 하면 획기적인 방법으로 더 큰 고객가치를 창출할 수 있을까를 고민하는 마케팅 마인드 없이는 살아남기 어려워졌습니다.

다섯, 언론이 내게 반하게 하라

혹자는 이제 광고는 죽었다고 말합니다. 광고를 뛰어넘는 마케팅으로 제품을 광고해야 한다는 것입니다. 그것은 바로 감동입니다. 감동을 주면 사람들이 몰려드니까요. 내가 브랜드를 만들어 놓으면 미디어가 그것에 살을 붙여 띄워줍니다. 단단한 뼈 같은 브랜드, 그 밑바탕은 고객과의 소통과 사랑이 존재합니다.

여섯, 부지런한 베짱이가 성공한다

마케팅에서도 잘 노는 것, 즉 경험이 최고의 교과서입니다. 노는 것도 실력입니다. 즉 우리는 이완을 통해 영감을 얻을 수 있어야 하고, 부지런하면서도 풍류를 아는 베짱이가 되어야 합니다.

일곱, 끊임없이 영감을 불어 넣어라

아디다스의 철학 'Impossible is nothing'은 불가능에 대한 도전을 나타냅니다. 소비자들은 아디다스 상품을 살 때 그 도전 의식도 함께 삽니다. 성공의 75퍼센트는 전략에서 오는 것입니다. 그렇다면 전략의 차이는 어디서 생길까요? 바로 생각의 차이입니다. 나만의 시간으로 영감을 얻고, 영혼과 영혼이 만나는 시간, 찰나의 순간에 스치는 영감을 놓쳐서는 안 될 것입니다.

안전한 길이 곧 위험한 길이라고도 하죠? 특히 치열한 마케팅의 세계에서는 더 그렇습니다. 남들이 가지 않는 길을 가는 것, 거꾸로 가는 것, 때로는 삶에서도 이런 역발상이 필요합니다.

7 상대의 심장을 움직이는 말의 달인들

한 마디의 말이 맞지 않으면,
천 마디의 말을 더해도 소용없다.
그러기에 중심되는 한 마디를 조심해야 한다.
중심을 찌르지 못하는 말이라면
차라리 입 밖에 내지 않으니 못하다. - 채근담

『먹히는 말』 프랭크 런츠 지은이 | 이화신, 채은진 옮긴이 | 쌤앤파커스

새해 첫 휴일을 보내고 있습니다. 좋은 일들이 기적같이 많이 일어날 듯 햇살도 고운 날입니다. 여러분은 올 새해를 어떤 마음으로 맞이하셨는지요.

새해마다 빠지지 않고 하는 게 덕담이지요. 올해 덕담 중에 "당신을 만나면 살~맛이 납니다"라는 말을 들었을 때 가장 기분이 좋았습니다.

프랭크 런츠의 책 『먹히는 말』을 보니 역시 상대방을 설레게 하는 말은 '똑똑하기만 한 말', '다정하기만 한 말' 도 아닌 '먹히는 말' 이었습니다.

그렇다면 어떤 게 먹히는 말일까요? 바로 내가 무엇을 말 하는가 대신 사람들이 무엇을 듣는가에 초점을 맞추는 것입니다.

말은 곧 그 자신입니다. 말은 내 인격이자 품격입니다. 싱싱한 언어는 나를 싱싱하게 합니다. 언어의 신선도는 쉬워야 오래 갑니다. 말에도 규칙이 있습니다.

하나, 짧아야 합니다
짧은 것이 긴 것을 이깁니다.

둘, 작아야 합니다
작은 것은 큰 것을 이깁니다.

셋, 단순해야 합니다
단순한 것은 복잡한 것을 이깁니다.

넷, 시각적이어야 합니다

눈에 보이는 것이 보이지 않는 것을 이깁니다.

좋은 언어는 생생하며 기억에 오래 남습니다. 훌륭한 문구는 훌륭한 판매율을 가져옵니다.

내가 한 말은 나를 디자인합니다. 같이 대화를 나누고 싶은 사람, 같이 식사를 하고 싶은 사람, 같이 있으면 마음이 편안해지는 사람이 되는 것입니다. 그 사람들은 어떻게 말할까요?

그들은 꽃으로 말합니다.

그들은 아침이슬로 말합니다.

역사적인 인물 링컨의 곁에는 늘 사람들이 북적였습니다. 사람들은 그의 이야기를 들으면 행복해졌기 때문입니다. 링컨은 무엇을 말하는가가 아닌 상대가 무엇을 듣는가에 초점을 맞춘 말하기의 대가였습니다.

올 한 해 이기는 말, 날개 돋친 듯 팔리는 말, 상대가 가지고 싶어 하는 말들로, 여러분이 계신 곳이 훌륭한 비즈니스 장터가 될 수 있기를 바랍니다.

8 낯선 발상에서 시작되는 트렌드의 미래

자기를 알고 싶거든
남과 남의 하는 일을 살펴라.
남을 알고 싶거든
자기의 마음 속을 들여다보라. - 시루렐

『트렌드 인 비즈니스』 글로벌 아이디어스 뱅크 지은이 | 고은옥 옮긴이 | 쌤앤파커스

사업을 성공시키는 요인이 있다면 과연 어떤 것일까요? 제가 읽은 이 책 『트렌드 비즈니스』는 이를 트렌드와 관련해 생각합니다. 세상을 미리 읽어서 히트상품을 만드는 것, 즉 트렌드를 앞서가는 것이 성공의 비결이라고요.

이 책의 저자인 글로벌 아이디어뱅크는 세계 이노베이트들이 집결해 세상을 선도하는 유행을 탄생시키는 곳인데요. 그들의 재미나는 세상 이야기, 함께 보실까요?

하나, 도네이션 바 : 술 대신 자부심을 판다

요즘 고객들은 상품이 아니라 상품에 담긴 스토리를 구입합니다. 만일 내가 낸 술값이 지역사회를 위한 기부금으로 쓰인다면 어떠시겠어요? 도네이션 바에서 손님이 구입하는 것은 '술' 이 아니라 지역사회 발전에 기여한다는 '자부심' 입니다.

둘, 시티 트립 : 도시를 여행하듯 감상한다

현대인에게 없는 것, 가장 부족한 것을 판다면 무엇일까요? 바로 여유입니다. 여유가 없는 이들에게는 여유마저 매력적인 상품입니다. '시티 트립' 은 도시인들에게 짧지만 충분히 만족할 만한 여유를 선사해서 폭발적인 반응을 얻었습니다.

셋, 체험 세일 : Dialogue in the dark

낯선 세계에서의 색다른 체험도 역시 상품일 수 있습니다. 누군가에게 쉽게 경험할 수 없는 독특한 경험을 파는 것도 충분히 매력적이지요.

넷, 라이브러리 호텔 : 독서광들의 천국 www.libraryhotel.com

이 책은 특히 미래에 더욱 활성화될 분야로 독서를 빼놓지 않습니다. 제가 책을 좋아해서인지 이 부분이 참 마음에 와 닿았습니다.

안락함, 고급스러움 등의 '애매모호한 특징'으로는 살아남기 힘든 시대, 독특한 컨셉을 내세운 테마호텔이 호텔업계의 새로운 경쟁력으로 떠오르고 있는데, 여기 나오는 독서호텔, 정말로 한번 묵고 싶었습니다. 한국에도 이런 호텔을 만드는 것이 제가 할 일이라는 생각도 들었고요.

다섯, 플로팅 라이브러리 : 책이 날개를 달고 이동한다

www.bookcrossing.com

책으로도 기부가 가능하다면 어떠시겠어요? '북크로싱 운동'은 다 읽은 책을 다른 사람과 바꿔 읽는 운동으로, 마음을 따뜻하게 해주는 양식 있는 기부 운동입니다.

여섯, 북시티 : 독서로 하나되는 도시

시애틀, 시카고 공공도서관 등이 북시티의 좋은 사례입니다. 책 읽기 운동으로 도시 전체 시민들이 하나가 되어 독서를 즐길 수 있는 환경을 만들게 된 것이지요. 이는 도시 전체가 하나의 북클럽이 된 것과 다름없습니다.

이 부분을 읽다 보니 우리나라는 과연 어느 도시부터 '독서도

시'를 만들 수 있을까 하는 고민이 자연스럽게 들었습니다.

이 외에도 마을 주민 총 독서 시간이 천만 분에 이른다는 독서광 마을도 있었습니다. www.enumclaw.wednet.edu 이처럼 세계 곳곳에서 독서 캠페인이 벌어지고 있는 것은 21세기가 지식사회라는 점과 관련이 있겠지요?

저는 이 책을 통해 미래를 대비하는 트렌드로 사람과 독서를 꼽았습니다.

사람과 더 좋은 세상을 생각하는 사업은 당장 수익은 적을지 몰라도 결코 망할 수 없는 사업이지요. 진실함을 가지고 사업을 한다면 돈은 자연스럽게 따라옵니다.

여러분도 내일의 트렌드가 궁금하세요? 『트렌드 인 비즈니스』 같은 미래에 대한 책도 많이 읽으시고, 보다 다양한 분야의 책을 읽어 내공을 쌓는 것은 어떨지요?

9 브랜딩이 훌륭한 회사가 살아남는다!

일관성이란 상상력이 없는 사람들의
마지막 피난처이다. - 오스카 와일드

『브랜딩 불변의 법칙』 알 리스, 로라 리스 지은이 | 배현 옮긴이 | 비즈니스맵

고민을 해결하는 데 책만큼 좋은 게 없습니다. 책은 읽는 동시에 생각을 정리해주거든요. 그리고 어려운 시기 회사는 어떻게 살아남는가 하는 문제에 대한 또 하나의 실마리를 잡았습니다. 바로 브랜드입니다.

기업마다 브랜드의 가치는 천차만별이지요? 그런데 지속 · 성장하는 기업들은 하나 같이 한 가지 특징을 가집니다. 바로 브랜딩이 잘 되어 있다는 것이지요.

휴대폰 부문의 1위 노키아, 콜라 부문의 1위 코카콜라, 컴퓨터의 1위 마이크로 소프트, 검색 1위 구글, 독서경영에는 다이애나 홍?

그렇다면 이 브랜딩을 잘 하려면 어떤 조건이 필요할까요?

무엇보다도 브랜드는 초점을 높이면 강해집니다. 그래서 집중적으로 하나에 포커스를 둬야 하지요. 또한 브랜드의 탄생은 광고가 아닌 홍보에 의해 이루어집니다.

이때 훌륭한 홍보란 바로 무언가를 최초로 보여주는 것입니다. 미지의 개척자는 사람들 머릿속에서 여간해서는 잊혀지지 않거든요.

하나, 브랜딩의 기본 원칙

1) 짧아야 한다.

2) 단순해야 한다.

3) 해당 카테고리를 암시해야한다.

4) 독특해야 한다.

5) 운율이 있어야 한다.

6) 말하기 쉬워야 한다.

7) 쇼킹해야 한다.

둘, 인터넷 브랜드의 5가지 전략

1) 브랜드의 초점을 좁혀라.

2) 시장 점유율을 높여라.

3) 시장을 키워라.

4) 글로벌 브랜드로 키워라.

5) 해당 카테고리를 지배하라.

다시 말해 브랜드의 기본은 이렇게 정리할 수 있습니다.

저질러라, 빨라야 한다, 최초가 되어라, 집중하라.

브랜드가 힘입니다. 독서도 브랜드가 되는 브랜드 독서 천국을 향해 저도 힘차게 달려나가겠습니다.

10 시장을 찾지 말고, 내 손으로 만든다면?

쓰러지느냐 안 쓰러지느냐가 아니라
쓰러졌을 때 다시 일어나는 것이 중요하다.
- 빈스 롬바르디

『크리에이티브 마케팅』 이문규 | 갈매나무

 말 그대로 저는 이 책을 "시장은 찾는 것이 아니라 만드는 것" 이라는 한 문장만 보고 곧바로 집어 들었습니다. 당시 저도 새로운 시장을 찾고 있던 차에 큰 힌트를 준 고마운 책이지요.

 최고가 되려면 최초가 되어야 한다, 블루오션의 길은 항상 외롭다는 말을 실감했습니다. 시장을 따라가는 것이 아니라 개척하기 위해서는 창조성이 필요합니다. 우리는 일상 속에서도 많은 창조성을 발휘하고 살아갑니다. 그렇다면 그런 창조성은 어디에서 올까요?

하나, 절절한 욕구
둘, 관찰력
셋, 입장 바꿔 생각하기
넷, 사람들을 즐겁게 하고 놀라게 만들기

바로 열정과 모든 도구를 활용하는 오감 마케팅입니다. 사람의 마음을 얻기 위해서는 물질적인 것보다 그 마음을 먼저 여는 것이 중요하기 때문이지요.

특히 이 책의 사례 중에 세스코의 고객게시판이 인상적이었습니다. 세스코는 바퀴벌레 등 해충을 박멸하는 방역업체지만 언젠가부터 실연당한 사람을 위로해주는 유머러스함까지 갖추기 시작했습니다. 동시에 세스코의 가치가 한층 높아진 것은 두말할 여지가 없겠지요?

재미없는 상품은 이내 상품가치를 잃어버립니다. 머리, 영혼, 가슴을 항상 깨워두고 상대에게 즐거움을 제공하고 오감의 자극을 주는 것, 바로 시장 창조의 법칙입니다. 그렇게 머리와 마음을 열어두면 마법 같은 아이디어가 선물처럼 날아드는 것이지요.

특히 어렵지 않게 한국인의 시각에서 마케팅을 풀어가는 저자의 필력도 대단합니다. 삶에서, 시장에서 무언가를 창조하고 싶은 분들, 꼭 한번 펼쳐봐야 할 책입니다.

11 승리와 패배는 작은 습관에서 시작된다

위대한 업적을 이루려면
활동을 하는 데 만족하지 말고
반드시 꿈을 꾸어야 한다. - 아나톨 프랑스

『이기는 습관』 전옥표 | 쌤앤파커스

여러분은 어떠세요? 이것만큼은 자신 있다, 내 이 습관
만큼은 훌륭하다고 생각하는 것이 있으신지요?

이 책에서는 이기는 것도 하나의 기질, 나아가 습관으로
구축된 성격이라는 점을 강조합니다.

빠르고 정확한 습관이 승리자의 조건이라는 것이지요.
그렇다면 지금부터 전옥표 씨가 강조하는 이기는 습관, 하
나씩 살펴볼까요?

이기는 습관 01 - 총알처럼 움직여라

명사형 조직을 동사형 조직으로 바꾼다. 즉 고객을 향해서 끊임없이 움직여야 한다.

이기는 습관 02 - 열정의 온도를 높여라

이기는 조직은 열정의 온도가 다르다. 열정은 소리가 나고 광채가 난다. 일이 축제처럼 여겨지도록 만든다. 열정을 가진 사람들은 일은 나의 예술이며, 일은 나의 자부심이라고 생각한다.

이기는 습관 03 - Good Morning Festival

축제로 아침을 열어야 한다. 마치 춤과 노래를 하듯 신나는 아침 미팅을 준비한다.

예) 칭찬 릴레이, 신문경영, 독서경영, 시, 수필낭독, 가족이벤트

성공도 사업도 사랑도 미친 사람들의 몫이다. 세상은 미친 사람들에 의해 돌아간다는 것을 기억해야 한다.

이기는 습관 04 - 계속 혁신하라

만족하는 순간 망한다. 좋은 기업을 넘어 위대한 기업으로, 좋은 가정을 넘어 위대한 가정으로, 좋은 부모를 넘어

위대한 부모로, 좋은 모임을 넘어 위대한 모임으로, 좋은 친구를 넘어 위대한 친구로, 좋은 직장을 넘어 위대한 직장으로, 좋은 나를 넘어 위대한 나로 꾸준히 혁신해야 한다. 고통 없이는 혁신도 없다.

이기는 습관 05 - 나부터 바로 세워라

인생도 비즈니스도 사랑도 셀프 마케팅이다. 내가 바로 서야 조직이 바로 선다. 오늘의 내 불행은 언젠가 내가 잘못 보낸 시간의 보복이라고 나폴레옹도 말하지 않았는가?

이기는 습관 06 - 욕망과 오감의 문을 열어라

시대는 변하고 있다. 지식경영시대 → 창조경영시대→ 디자인 경영시대

제안서 하나도 예술작품처럼, 디자인 경영시대에는 상대로 하여금 나를 사고 싶은 욕망을 갖게 해야 한다. 세상에 없는 오직 하나를 추구하며 작은 것 하나도 차별화하라.

이기는 습관 07 - 현재에 충실하라

당신이 공부할 학교는 바로 지금, 바로 이곳이다. 내 눈이 머무는 곳에 최선의 점을 찍자.

톨스토이 역시 현재론을 주장했고, 서양철학 또한 Here &Now 전략을 사용한다는 점을 기억하자.

이기는 습관 08 - 끊임없이 훈련하라
조직이 직원에게 해줄 수 있는 최상의 복지는 지독한 훈련이다.

부자 ⇨ 미래의 성공
다이어트 ⇨ 날씬한 몸매
성공하는 사람 ⇨ 성공하는 습관
실패하는 사람 ⇨ 실패하는 습관

인생은 습관의 묶음인 만큼, 하루하루의 습관을 점검해야 한다.

이기는 습관 09 - 올바른 조직 내 습관을 만들어라
고객의 입장에서 역순으로 생각하라. 전 직원이 함께 전사적으로 공유하라. 프로세스를 정착시켜 조직의 역량을 상향평준화하라.

이기는 습관 10 - 목표는 원대하게, 평가는 냉혹하게

5% 성장도 때로는 불가능하다. 반면 30% 성장도 가능할 수 있다. 혁신적인 아이디어를 찾게 되고 접근방식도 다르기 때문이다. 이상은 높게, 사랑은 깊게.

이기는 습관 11 - 디테일의 힘을 키워라

1미터씩 쪼개고 잘라서 관찰하라. 깨진 유리창 하나가 무법천지를 만들 수 있다.

이기는 습관 12 - 실패를 학습하라

실패는 가장 좋은 인생의 교재다. '실패노트'를 공유하고 학습하라. 넘어질 때마다 무언가를 주워서 일어나라.

이기는 습관 13 - 조직원 모두가 마케팅을 하라

모든 구성원들이 마케팅 전략의 귀신이 되면 그 회사는 당할 수 없게 된다.

이기는 습관 14 - 낮은 곳을 잘 살펴라

돈은 가장 낮은 곳으로 흘러든다. 물은 낮은 곳으로 흐른다. 겸손함 안에 답이 있다.

이기는 습관 15 - 고객을 존중하라

고객보다 유능한 마케터는 없으며, 고객은 항상 옳다. 고객의 울음은 맨 나중에 들린다. 말을 듣는 데는 불과 몇 년이 걸리지만, 마음의 소리는 100년이 넘어도 듣지 못할 수 있다. 내 월급은 사장이 아니라 고객이 준다, 나를 해고 할 수 있는 유일한 사람은 고객이라고 생각하라.

이기는 습관 16 - 습관을 중시하라

인생은 습관의 묶음이다. 내가 고객을 기억하면 고객도 나를 기억한다. 인간적인 스킨십을 나눌 수 있는 작은 습관을 키워라.

이기는 습관 17 - 외모를 가꿔라

단정함은 그 사람은 언제나 준비된 사람처럼 보이게 만든다. 얼굴의 이목구비보다 마음의 이목구비가 뚜렷한 사람이 세계적인 미인이다.

이기는 습관 18 - 많이 웃어라

웃음은 자본이 필요 없는 투자다. 웃음이 돈을 부르니 웃음이 있는 곳에는 가난이 없다.

웃음은 돈 안 드는 보약이다.

이기는 습관 19 - 일찍 일어나 하루를 전략적으로 살아라

일생의 계획은 젊은 시절에 있고, 1년의 계획은 봄에 있고, 하루의 계획은 아침에 있다.

젊어서 배우지 않으면 늙어서 아는 것이 없고, 봄에 밭을 갈지 않으면 가을에 바랄 것이 없으며, 아침에 일어나지 않으면 제대로 한 일이 없게 된다. 전략과 함께 하루를 열고, 확실한 마무리로 골 결정력을 높여라.

이기는 습관 20 - 겸손함을 잊지 말라

깊은 강은 소리 없이 흐른다. 벼는 익을수록 고개를 숙인다.

이기는 습관 21 - 나보다 나은 사람을 따라하라

잘하는 사람을 무작정 따라 하는 것도 탁월한 전략이다

모방 → 적용 → 창조

이기는 습관 22 - 끝까지 하라

프로와 아마추어의 차이점은 다른 게 아니다. 프로는 될 때까지 한다. 반면 아마추어는 하다가 하기 싫으면 치운다. 프로가 되겠다면 될 때까지 밀어 붙여라.

자, 어떠세요? 여러분은 이 습관들 중에 몇 개나 가지고 계신가요?

다이아나 홍의 독서향기

3장

리더십 강한
경영자로 거듭나는
책 읽기

1 사람을 아끼는 자가 세상을 얻는다

다른 사람에게 최대한으로 좋은 생각을
안겨줄 수 있는 사람이야말로
세상에서 가장 위대한 사람이다. - **사무엘 버틀러**

『네이버, 성공신화의 비밀』**임원기 | 황금부엉이**

안녕하세요? 오늘은 봄비가 촉촉하게 대지를 적셔주고 있습니다. 이 비가 하루하루 바쁜 일상에 쫓기는 우리 감성에도 단비가 되기를 소망합니다.

저는 하루의 시작을 네이버 홈페이지에서 시작하는데, 아주 잘 차려진 아침 밥상을 대하는 듯합니다. 최근 출간된 『네이버, 성공 신화의 비밀』이라는 책이 있습니다. 이 책은 무엇보다도 직원들의 창조력을 북돋기 위한 복지 면에서 타의 추종을 불허하는 이야기들이 눈에 띕니다. 이 회사의 복지 수준은 정말로 굉장합니다.

▲ 서울에서 출퇴근하는 직원들을 배려해서 모두 11개 권역으로 나눈 25대 이상의 셔틀 버스를 운행하고 있습니다.

▲ 아침 식사를 거르고 출근하는 직원들을 위해 김밥과 샌드위치를 제공한다고 합니다. 게다가 회사 내 카페테리아에서는 모든 음료를 500~700원 사이로 판매하고 있습니다.

▲ 회사 내부 곳곳에 황토와 나무, 벽돌로 장식한 '웰빙 사무실'도 만들었답니다. 편안하게 회의를 진행할 수 있도록 온돌식 회의장도 마련했고요.

▲ 갑작스럽게 몸이 아픈 직원들을 위해서 업무 시간 내내 의무실이 개방되어 있고 전문 간호사가 상주하고 있어 간단한 응급치료가 가능하대요.

▲ 직원들이 필요할 때마가 열람 혹은 대여할 수 있도록 각 층마다 업무용 자료와 도서들이 비치되어 있습니다.

첫째도 사람, 둘째도 사람, 처음도 사람, 마지막도 사람.

네이버가 업계 선두주자이자 1위라는 놀라운 신화를 이룰 수 있었던 건 사람이 정답이라는 걸 알고 그런 '직원 보살피기' 정책을 실시했던 덕이라는 걸 알 수 있었습니다.

네이버의 경영전략을 보면 이렇습니다.

1. 세상과 소통하라.

2. 지식과 문화를 잡아라.

3. 책상에 집중하라.

4. 사람에 투자하라.

5. 카페에서 수다를 떨어라.

6. 고객과 소통하는 것은 멀리 있는 것이 아니다.

7. 이윤추구를 넘어서 기업의 사명을 발견하라.

저는 특별히 '지식과 문화를 잡아라'에 별 다섯 개를 주었습니다. 여러분은 어떤 목록에 별을 주실 건지요? 지식의 샘에서 문화 향기를 가득 가득 뿜어내는 하루되시길 소망합니다.

2 불확실한 미래에 대처하는 맹수의 생존법

사람은 마음이 성실한 것이 가장 큰 힘이다.
백 가지 말과 행동은 오직
성실하다는 한 가닥에 매여 있는 것이다. - 논어

『사자도 굶어죽는다』 서광원 | 위즈덤하우스

　서울에는 여전히 눈이 내리는데 부산에 봄비가 내렸다는 소식이 들리는 오후입니다. 오랜만에 내린 단비구나 생각했습니다. 우산을 쓰고 산길을 걷는데, 금방이라도 새싹이 파릇파릇 올라올 것처럼 대지가 행복한 봄 기지개를 켜는 듯했습니다.

　『사장으로 산다는 것』의 저자 서광원 씨께서 오랜만에 신간을 내셨습니다. 『사장으로 산다는 것』이 가슴을 울리는 책이라면 『사자도 굶어 죽는다』는 심장을 얼게 하는 책입니다. 과연 사자는 어떨 때 위기에 닥치고, 어떻게 그 위기를 극복하는지 궁금하지 않으세요?

하나, 사냥의 5가지 법칙을 어기면 사자도 굶어 죽습니다

윈도우 체제가 시대에 따라 변하는 것처럼 초원에도 3.0 시대가 있습니다. 숲이 사라지고 대초원의 시대가 오는 것처럼 말입니다.

마찬가지로 비즈니스 세계에도 국경이 사라지고 시장이 생겨나고 있습니다. 일단 살아남기 위해서는 몸집을 불려야 하는데 여기에는 두 방법이 있지요. 사자나 코끼리, 코뿔소처럼 자기 몸집을 키우는 방법, 또 하나는 늑대나 얼룩말처럼 조직의 몸집을 키우는 방법입니다.

그런데 또 하나, 초원의 법칙이 있습니다.

"큰 것이 작은 것을 잡아먹는 것이 아니라, 빠른 것이 느린 것을 잡아먹는다."

둘, 살아남는 것들은 독합니다

자연에서 살아남는 짐승들은 대체로 독합니다. 인간 맹수들도 마찬가지입니다. 그들은 부드럽고 여유 있게 보여도 독한 사람들입니다. 독하다는 것은 경직된 것을 의미하는 것이 아닙니다. 부드러움 유연함으로 살아 있습니다. 강한 것이 부드러운 것을 이깁니다.

셋, 적은 내부에 있고 기회는 바깥에 있습니다

적은 내 안에 있고, 기회와 해답은 바깥에 있습니다. 현장으로 직접 가야 합니다. 1차적인 현장은 어디입니까? 바로 경쟁자가 있는 곳입니다. 그보다 진정한 현장은 어디입니까? 고객이 있는 곳입니다. 고객이 정답입니다.

넷, 먹이는 구체적이고 명확해야 합니다

하버드 MBA 졸업생에게 비전이 있는가, 그 비전을 글로 쓴 적이 있는가를 물었습니다. 그러자 84퍼센트는 구체적인 비전이 없다, 13퍼센트는 구체적인 비전은 있지만 글로 쓴 적이 없다고 말했습니다. 구체적인 비전이 있고 그 비전을 글로 기록한 사람은 3퍼센트에 불과했습니다.

10년 후 그들의 삶은 달랐습니다. 자기 구체적인 비전을 글로 쓴 그 3퍼센트가 나머지의 10배의 수입을 올리고 있었습니다.

비전은 간절히 원하되 구체적이고 명확해야 합니다.

다섯, 세계는 축구장입니다. 실력이 없으면 구경만 하고 있겠지요

성공한 이들은 대개 비슷합니다. 그런 승자의 조건 중에 하나가 기술을 신속하게 익히는 것입니다. 삼성의 이건희 회장은 이런 말을 했습니다. "잘나간다고 자만하지 마라. 5~10년 후에 무엇을 먹고 살 것인가 생각하면 등에서 식은 땀이 난다."

여섯, 사냥이 끝난 후 진짜 승부가 시작됩니다

부자들이 몰락하는 이유는 자신들이 다 안다고 착각하기 때문입니다. 래리 킹 라이브 쇼에 오프라 윈프리가 초대된 적이 있습니다. 어떻게 해서 토크쇼 1위를 지킬 수 있었는지 묻자 오프라 윈프리는 이렇게 대답했지요.

"나는 항상 넘버 텐인 것처럼 행동하지요. 1등이라고 생각하는 순간 바로 10등이 됩니다."

성공한 사람들은 항상 스스로를 벼랑 끝에 세웁니다. 행복한 가정은 모두 엇비슷한 반면, 불행한 가정의 이유들은 모두 제각각입니다.

그 이유는 무엇일까요? 서점으로 가 보십시오. 그 해답들이 가지런히 꽂혀 있습니다.

저는 길을 잃으면 저는 서점으로 갑니다. 책이 내 길을 친절하게 안내해줍니다. 독서의 길은 비록 천천히 가지만, 뒤로 가지는 않습니다.

오늘도 가슴 뛰는 하루되시길 바랍니다.

책이 내 길을 친절하게 안내해줍니다

3 두부장수 CEO의 역발상 경영 비법

인생을 최대로 살겠다는 강한 결심,
가진 것을 신나게 즐기겠다는 소박한 욕망,
실패했어도 후회하지 않는 것,
이것이 바로 중국인들의 비결이다. - 임어당

『두부 한 모 경영』 **다루미 시게루** 지은이 | **이동희** 옮긴이 | **전나무숲**

어제 제헌절이었습니다. 공휴일 잘 보내셨는지요?

혹시 여러분도 두부 좋아하시나요? 저는 시골 두부인 손두부를 즐겨 먹습니다. 두부는 말 그대로 웰빙 식품의 일인자인 데다가 보들보들한 식감이 참 좋지요.

그런데 이 두부 한 모로 벤처 성공신화를 이룬 사람이 있습니다. 『두부 한 모 경영』의 저자 다루미 시게루인데요. 그의 두부 한 모는 결코 두부처럼 물렁물렁하지 않았습니다. 아주 단단하고 각이 딱 떨어지는 두부이지요. 그의 경영 신화는 역시 성공한 사람은 남다르다는 사실을 새삼 느끼게 합니다. 그 역시 가슴에 맺힌 남모를 한 맺힘이 있었거든요.

그는 "어이, 두부장수!" 하는 한마디에 다음과 같은 분노의 다짐을 했습니다.

1) 반드시 부자가 되겠다.
2) 두부장수를 하더라도 넥타이를 매고 하겠다.
3) 성공해서 벤츠를 타겠다.

그렇게 그는 작은 두부 가게로 시작해서 주식시장 상장으로 연매출 200억엔(1,800억 원)을 올리는 중견 기업의 사장으로 성장했습니다. 그렇다면 그는 어떻게 작은 두부 가게를 그런 신화적인 기업으로 성장시킬 수 있었을까요?

하나, 두부에 대한 열정

시게루는 처음에는 자포자기하는 심정으로 두부장사를 시작했음에도 곧 두부에 대한 끊임없는 열정을 쏟게 됩니다. 어떻게 해야 맛있는 두부를 만들까? 어떻게 하면 소비자가 원하는 두부를 만들까? 그의 열정의 온도는 남들보다 뜨거웠습니다.

둘, 포기하지 않는 노력

그는 새로운 두부를 개발하기 위해서 수없이 두부를 버리고 버리는 실패를 했지요. 그럼에도 포기하지 않고 끝까지 해내겠다는 의지로 결국 다른 두부와 차별화를 이루는 '천연 간수' 를 만들 수 있었습니다.

셋, 당장의 이익보다 향후 이익을 향한 결단력

그는 자신의 가게를 상장회사로 키우기 위해서 당장의 이익인 슈퍼마켓과의 거래를 끊고 직판장(소매업)으로 전환하는 결단력을 보였습니다. 또한 다양하고 참신한 아이디어로 현재의 난관을 극복해 나갔습니다.

넷, 사소한 것을 지키는 단단한 원칙

그는 자신과 소비자를 위해 사소하다고 생각되는 기본적인 원칙들을 철저하게 지킴으로써 바닥을 튼튼하게 쌓을 수 있었습니다.

다섯, 인재를 소중히 여기기

그는 자기 사람이라고 생각되는 사람들을 소중히 생각하고 투자를 아끼지 않았습니다. 그의 성공 뒤에는 역시 현명한 부모님이 계셨다는 천고의 진리도 알 수 있었고요. 어머니의 경영감각, 아버지의 장인정신을 배웠으니, 부모님이야말로 그에게는 최고의 인재였는지도 모릅니다.

이런 이야기들을 풀어놓으면서 시게루 씨는 두부 한 모의 그 '모'가 '조'로 성장하는 꿈을 향해 더 큰 도전을 준비하고 있다고 말합니다. 자신의 꿈은 이제 막 시작되었을 뿐이라고 말입니다.

후지 산 정상을 향해 나아가듯, 한 굽이, 두 굽이, 세 굽이를 돌고 돌며 재도약하는 그의 다짐에 박수를 보냅니다.

4 날마다 성장하는 소규모 기업의 비밀

진짜 성공의 뿌리는, 나는 정상에 오르겠다는
당신의 결심에 달려 있다. - **하럴드 테일러**

『브레이크스루 컴퍼니』
키스 맥팔랜드 지은이 ㅣ **권양진** 옮긴이 ㅣ **조영탁** 감수 ㅣ **김영사**

　혹시 여러분도 두고두고 아끼고 싶은 책이 있으세요? 저
에게는 서울대학교의 AIP 독서클럽 회장이신 이창욱 대표
님께서 추천해주신 『브레이크 스루 컴퍼니』가 그런 책입니
다.

　아이가 키가 크려면 성장통을 앓듯이 기업도 더 큰 발전
을 위해서는 반드시 성장통을 겪고 넘어가야 합니다. 바로

브레이크스루입니다.

브레이크스루(breakthrough) : 난관을 돌파하고 비약적인 발전을 이루는 것

이 책은 15년 이상 시장 평균 10배의 수익을 올리고 있는 미국 내의 9개 소기업들에 대한 이야기입니다. 그들이 막강한 기업으로 성장할 수 있었던 비결은 무엇일까요?

하나, 조직을 위한 헌신이 필요합니다

이 책에 재미있는 사실이 소개되었어요. 조지 워싱턴은 미국 최초의 왕이 될 뻔했다고 해요. 하지만 그는 개인의 영달이 아닌 국가를 선택함으로써 왕이 아닌 대통령 자리에 올랐지요. 실패하는 기업은 개인이 영웅이 되고, 성공하는 기업은 조직 모두가 영웅이 됩니다.

둘, 성공하기 위한 7가지 원칙을 지켜야 합니다

1) 고객을 최우선으로 한다.
2) 목표를 높게 잡는다.

3) 조직 내에 위화감을 조성할 수 있는 일은 하지 않는다.

4) 명령을 내리는 대장이 아니라 코치 역할을 한다.

5) 역량이 부족해도 충성심이 높다는 이유만으로 눈감아주지 않는다.

6) 커뮤니케이션을 장려한다.

7) 직원들이 자발적으로 참여하도록 한다.

셋, 시장에서 살아남는 회사의 6가지 공통점도 알아야 합니다

1) 리더 한 사람의 영광보다 회사의 발전을 추구한다.

2) 언제든 적극적인 베팅을 할 만반의 준비가 되어 있다.

3) 회사 고유의 성격이 있다.

4) 초기에 확보한 경쟁우위를 계속 지켜내고 있다.

5) 성공체험에 갇혀 고집을 부리는 것이 아닌 외부 협력자를
   제대로 활용한다.

6) 언제든 의문을 제기할 수 있는 분위기를 형성한다.

이 6가지 특성이 바로 시장에서 살아남아 큰 성과를 이루는 회사들의 공통 특성이라고 하네요.

넷, 9개 브레이크 스루 기업에는 4가지 공통점이 있습니다

1) 직원들을 공평하게 대우한다.

2) 사람의 신뢰를 얻는다.

3) 전략적 구두쇠이다.

4) 말한대로 행동한다.

138쪽에 보면 "기업의 성격 = 행동으로 표현되는 가치"라는 글귀가 있는데요. 규모나 외형이 아닌 이런 강력한 언행일치와 그로 인한 고객들의 신뢰가 바로 경쟁력이 되는 거죠.

물론 이런 브레이크 스루 기업들도 고난을 겪지 않은 건 아니에요. 하지만 그들은 그 실패를 통해서 여러 성장 방법들을 배울 수 있었습니다.

마지막으로 브레이크 스루 기업들은 결코 훌륭한 인재를 채용하기 위해 노력하지 않습니다. 회사가 좋으면 훌륭한 인재가 알아서 찾아오기 때문이지요. 결론적으로 브레이크 스루 컴퍼니는 출근이 기다려지는 회사였습니다. 여러분의 직원들은 어떤지요?

5 성공한 비즈니스와 인생을 가져오는 33가지 전략

인생은 한권의 책이다.
바보들은 그것을 아무렇게나 넘겨버리지만
현명한 사람은 차분히 읽는다.
왜냐하면 그들은 단 한 번밖에 그것을 읽지
못한다는 것을 알고 있기 때문이다. - 장 파울

『전쟁의 기술』
로버트 그린 지은이 ㅣ **안진환, 이수경** 옮긴이 ㅣ **웅진지식하우스**

대단했습니다. 저자인 로버트 그린도, 옮긴이들도, 그리고 이 책을 읽는 모든 분들도 대단한 사람들입니다. 박수를 보냅니다.

저는 보통 책 한 권을 앉은 자리 한두 시간 안에 집중해서 읽고 마무리하는 편입니다. 그런데 이 『전쟁의 기술』은 무려 일주일을 걸려 읽게 되었네요. 책도 두껍지만, 글자도 작고 내용도 방대해 초벌, 재벌, 완성 읽기처럼 꼼꼼히 읽지 않으면 저자의 참뜻을 제대로 파악할 수 없겠다고 판단해서였습니다.

한마디로 정리하자면, '전쟁의 기술'은 결국 '삶의 기술'이었습니다. 과거 역사 속의 영웅들이 전쟁에서 승리한 전략들은 지금 우리네 기업에 적용해도 훌륭한 전략이었고, 동시에 개개인의 삶에 적용해도 가치 있는 전략이었습니다.

하나, 자기 준비의 기술

명장들은 결코 과거의 방식으로 싸우지 않습니다. 더 이상 잃을 것이 없는 절박한 상황에서 단 한 번의 싸움에 모든 것을 걸었습니다. 나폴레옹이 역사상 가장 위대한 명장이 될 수 있었던 것은 그를 정상으로 이끌었던 한없는 에너지가 있었기 때문입니다. 그는 목욕 중에도, 극장에 가서도, 만찬 중에도 끝없이 생각하고, 창조하고, 일했습니다.

둘, 조직의 기술

명장들은 병사들의 배를 든든히 채워줍니다. 선두에서 이끌면서 병사들의 기를 집중시키고, 질책과 호의를 동시에 이용했습니다. 여기서도 나폴레옹은 역사상 가장 뛰어난 용병가로 책에 나오는 모든 기술을 동원해 활용했습니다. 그가 전쟁 중에도 마차에 책을 싣고 다니면서 독서에 열중했다는 예화는, 예나 지금이나 책에 답이 있다는 것을 보여줍니다.

셋, 방어의 기술

때로는 허점을 보이며 방어 태세를 취하는 것도 중요합니다. 그러면 적도 경계를 늦추기 때문이지요. 그러나 적절한 기회가 올 때, 다시금 일어나 태풍처럼 공격의 기회를 잡는 것이 진짜 방어의 기술입니다. 의중을 숨겨 상대가 방심한 틈을 타 공세로 전환하는 것입니다.

넷, 공격의 기술

전쟁에서 이기려면 적보다 더 멀리 시간과 공간을 내다보아야 합니다. 명장들은 상대보다 빠르게 판단하고 움직이는 정보전과 심리전을 능란하게 이용해 적의 약한 부위를 집중 공략했습니다. 공격할 때는 철저한 분할 공격술을 사용해, 특정 전투에서는 패배할지라도 전체적인 전쟁에서는 언제나 이겼습니다.

다섯, 모략의 기술

전쟁에서 사실과 거짓을 섞은 정보를 유포해서 혼란을 주는 것은 아주 중요한 기술입니다. 명장들은 예측불가능한 정보로 적에게 위협감을 주어 상대의 군세를 야금야금 갉아 먹습니다. 또한 게릴라들의 전법을 사용해 정확한 표적을 제공하지 않습니다.

승패를 좌우하는 결정적인 열쇠는 바로 살아남기, 나아가 번영하기입니다. 전쟁터와 마찬가지로 비즈니스 세계에서도 여기저기 충돌하는 소리가 끊임없이 들려옵니다. 욕망과 욕망이, 이해와 이해가, 관계와 관계가, 타자와 자아가, 자아와 자아가, 보이지 않는 총탄이 날아다니고 들리지 않는 비명소리가 가득합니다.

이런 세상에서 우리는 어떻게 살아남아야 할까요?

"차선(次善)은 없다!"

전쟁에서의 2등은 죽음을 의미하며, 경영에서의 2등은 도산을 의미합니다.

6 보령약국, 그 18,250일의 기적

꿈이 한 번도 실현되지 않았다고
슬퍼하지 말라.
정말 안타깝고 서글픈 것은
한 번도 꿈을 꿔보지 않았던
사람들이다. - 에센바흐

『끝은 생각하지도 마』 **김승호 | 더북컴퍼니**

겨울 햇살이 눈부신 아침입니다. 겨울 한가운데의 따뜻한 햇살은 얼어있는 땅에도 추위에 떨고 있는 나무에게도, 어깨 움츠린 우리에게도 고마운 자연의 축복입니다.

한해의 마지막, 마음도 몸도 바빠지는 12월이지요? 독서 향기 보내는 것도 조심스럽습니다. 올해의 끝을 달리는 마지막 한 장의 달력을 보면서 『끝은 생각하지도 마』를 지금

막 반신욕 독서로 마무리했습니다.

보령제약 김승회 회장의 50년 경영스토리를 들으니, 아주 천천히 피되 한번 피면 그 향기는 멀리 오래 간다는 연꽃이 생각납니다. 연꽃이 아름다운 것은 진흙 속에 피기 때문이지요.

첫째, 도전하라, 아름다워진다

김승회 회장은 공장을 세우며 함께 꿈도 세웠습니다. 목표를 정하면 그 목표가 나를 이끌듯, 도전하는 아름다운 열정이 반세기를 흘러 창업 50주년을 맞았습니다.
길은 걷는 것이 아니라, 만들어 가는 것입니다.

둘째, 없는 약이 없는 약국, 만물 약국 만들기

당장 야채를 못 먹어서 앓아눕는 사람은 없습니다. 하지만 약은 다릅니다. 당장 쓰지 않으면 위험할 수도 있습니다. 김승회 회장은 "나는 사람의 병을 다루는 약품을 팔고 있다. 내가 한사람의 목숨을 살리고 잃을 수도 있다"는 일념으로 없는 약은 세상을 다 뒤져서라도 찾아오는 성실함과 신뢰를 가진 이였습니다.

셋째, 때로는, 신뢰가 사람을 살린다

건강을 잃으면 모든 것을 잃습니다. 신뢰를 잃으면 모든 것을 잃습니다. 열이 내린 아이가 벌떡 일어나는 꿈, 밤새 토사광란을 하던 환자의 속이 진정되는 꿈, 김승회 회장은 어느새 이렇게 환자의 가족이 되어 약 봉투를 들고 달렸습니다. 그 절실함이 손님들로 하여금 보령약국에 깊은 신뢰를 뿌리내리게 했습니다.

넷째, 매출 800퍼센트의 각산은 미세한 분말의 순수 생약이기 때문입니다."

이 광고를 기억하시는지요? 바로 여기에서 진정한 보령약국이 탄생했습니다. 하나의 성실이 하나의 기적을 만들어냈습니다.

다섯째, 겔포스의 신화 30년, 한국인의 위장약을 넘어 세계인의 위장약으로

위벽을 보호하고 변비가 없는 위장약 겔포스는 얼마 안 가 엄청난 신뢰를 얻었습니다. 지금까지 겔포스는 총 1조 1000억 원치가 판매되었고, 이는 지구 네 바퀴를 포장할 수 있는 엄청난 분량입니다. 성공의 신화는 참 멋지죠?

여섯째, 의사들이여, 글을 쓰고 노래하고 춤을 춰라

인생은 짧고, 의술은 길다 했습니다. 김승회 회장은 정서적으로도 시간적으로도 긴장의 연속일 수밖에 없는 의사들의 고단함을 들어주고 숨어 있는 감성을 깨워주는 에세이 문학 수필집도 발간했습니다.

또한 한국의사가요대전의 밴드를 겸해 자작곡을 연주했고, 노래 실력은 가수를 능가했습니다. 마음껏 노래하고 춤추고 즐거운 시간 속에 더불어 하나가 되는 문화를 창조했습니다. 그 문화가 만들어낸 활력과 기쁨은 누구에게 갈까요? 바로 환자들이었습니다.

일곱, 문화가 살아있는 기업, 진정 살아 있는 기업

사람과 사람이 만나, 사람과 사물이 만나 문화를 이룹니다. 우리는 혼자 살 수 없기 때문이지요. 기업 문화 없이는 선진 기업이 될 수 없습니다. 그리고 보령제약은 모두가 주인공이 되는 생일조찬 30년의 문화로 문화 차별화를 이루었습니다. 그는 화장실 세면대를 이용하고 다음 사람을 위해 씻어주는 사원이 있다면 그것이 바로 기업문화의 출발점이라고 여겼습니다. 그래서 편안하고 즐거운 기업 문화를 매주 수요일 펀데이를 열어 마음껏 나누었습니다.

여덟, 1퍼센트 양보하면, 남는 건 99퍼센트가 아니다.

보령 가족의 1퍼센트 양보론, 참 아름답습니다. 1퍼센트 양보하면 돌아오는 것은 12퍼센트 200퍼센트가 돌아온다는 것이죠. 1퍼센트가 기적을 이룰 수 있습니다. 내가 가진 1퍼센트를 나누어야겠습니다.

아홉, 끝은, 생각하지도 마

50년을 한결같이 처음처럼 열정을 다한 그의 삶은 그야말로 감동적입니다. 그는 고객과의 약속을 지키기 위해 자전거를 타고 서울 시내를 돌고 돌았습니다. 그리고 산바람을 타고 달렸던 자전거의 첫 페달을 달린 지 50년, 지금도 여전히 달리고 앞으로도 영원히 달릴 것입니다.

끝은 생각하지도 마세요.

도전, 이것이야말로 영원히 가슴 뛰는 삶을 살게 할 묘약입니다.

8 인문학의 통찰력이 비즈니스를 살린다

잠시 동안 가만히 앉아
사색하는 것을
두려워 하지 말라. - 에머슨

『인문의 숲에서 경영을 만나다-1』 정진홍 | 21세기북스

며칠 전 삼성 세리 CEO 조찬 세미나에서 이 책의 저자 정진홍 님의 강연을 들었습니다. 좋은 강연, 참 신선한 느낌이었습니다. 500여 분의 모든 경영자 분들의 눈빛이 예사롭지 않았고, 가슴을 뛰게 하는 열정이 강연장을 가득 메웠지요.

세미나를 마치고 돌아오는 길에 교보문고에 들렀는데,

책 한 권이 유난히 시선을 끌었습니다. 강연을 들은 정진홍 님의 『인문의 숲에서 경영을 만나다』였습니다. 곧바로 사서 돌아오는 길부터 한달음에 읽어 내려갔습니다. 인문 서적은 평소 진도가 잘 안 나가는데 이 책은 자꾸만 저를 유혹해 눈을 뗄 수 없게 만듭니다. 인문의 깊은 숲속으로 깊이깊이 빠져들어 갔습니다. 참 묘한 일이었습니다.

비즈니스도 결국은 통찰의 힘에서 시작됩니다. 그리고 이 통찰의 힘을 기르는 데 최고의 자양분이 바로 인문학입니다.

인문학의 숨은 힘은 문(文), 사(史), 철(哲)인데, 문장은 사람의 마음이고 영혼이며, 역사는 거울에 비추어 스스로를 반성하는 일, 철학은 삶의 원리를 발견하는 살아 있는 운동입니다. 저자는 인문의 숲에서 10가지 경영 원리를 발견했습니다. 함께 보실까요?

하나, 역사 - 흥륭과 쇠망의 이중주 - 흥륭사

이 장에서는 중국 왕조 청대 130여 년간의 찬란한 전성기를 이룩한 강희제, 옹정제, 건륭제의 리더십을 다루고 있

습니다. 천리마는 어디에나 있지만, 그것을 알아볼 눈을
가진 사람은 드뭅니다. 그들은 바로 그 '눈' 을 가진 사람
들이었습니다. 보는 눈을 키워야 합니다.

둘, 창의성 - 새로운 문화를 만드는 힘

새로운 것에 도전하려면 다섯 살짜리 아이의 시선으로
세상을 봐야 할 때가 있습니다. 천재의 가장 중요한 속성
은 순진함이니까요.

창의성을 갖기 위한 3가지 원칙

1) 일 30, 놀이 70의 비율을 지켜야 합니다.

잭 웰치는 어떻게 그렇게 오랜 세월을 경영 일선에 서서
지치지 않고 일할 수 있었을까요? 잘 놀았기 때문입니다.
그는 자기 일을 대신 해줄 사람을 찾아서 70퍼센트 휴식으
로 항상 재충전을 했습니다.

2) 400년 이상 된 고전을 많이 읽어야 합니다.

창의성을 기르려면 남들의 시선이 닿지 않는 낯선 곳에
서 무언가를 끄집어내야 합니다. 고전에는 시대를 초월하

는 깊이가 있습니다.

3) 몰입의 즐거움을 배워야 합니다.

위대한 작가들은 골방에서 시를 쓰고 글을 썼습니다. 미쳐야 몰입하고, 몰입하면 창조가 시작됩니다. 에디슨이 1,037개의 특허를 낸 것도 몰입으로 영감을 얻었기 때문입니다. 영감이 좋지 못하면 아무리 노력해도 좋은 결과를 얻지 못합니다. 오감의 날을 세우면, 그만큼 세상도 열립니다.

셋, 디지털 - 감각의 제국을 지배하라

감각은 섞입니다. 움직입니다. 느낄 수 있습니다.

느낌은 곧 공감으로 이어지고, 이 공감은 시너지를 냅니다.

느낌 - 공감 - 시너지의 연쇄고리가 생겨나는 것입니다.

넷, 스토리 - 미래 사회를 사로잡는 힘

드림소사이어티의 시장은 감성과 꿈이 지배합니다. 시장에서 승리하려거든 이야기를 존중해야 하고, 이야기꾼이 되어야 합니다. 상품이든 뭐든 스토리를 담아야 소비자의 가슴을 울릴 수 있습니다. 그러려면 다음의 조건이 필요하겠죠.

첫째, 이야기꺼리가 있는 사람을 찾아야 한다.

둘째, 새로운 이야기를 창출해낼 수 있는 이벤트를 연다.

셋째, 고객 스스로 이야기를 만들어낼 수 있도록 마련해준다.

다섯, 욕망 - 결코 포화되지 않는 시장

소비자의 마음을 읽어야 시장을 얻습니다. 지금은 욕망의 시대이니까요. 사고 싶고, 먹고 싶고, 갖고 싶은 욕망을 자극해야만 그들의 지갑을 열 수 있습니다.

여섯, 유혹 - 소리 없는 점령군

정치인은 대중을, 상품은 고객을, 기업은 시장을 유혹해야 살아남습니다. 유혹하지 않고는 생존할 수 없기 때문입니다. 엘리자베스가 파산 직전의 영국을 45년 동안 해 가지지 않는 나라 대영 제국으로 이끌 수 있었던 것도 유혹의 힘이었습니다.

일곱, 매너 - 마음의 문을 여는 열쇠

최고의 리더십은 무엇일까요? 여성은 감수성이요, 남성은 강인함입니다. 바로 매력입니다.

여덟, 전쟁 - 먼저 사람을 얻어라

먼저 상대방을 이롭게 해야 내가 이롭습니다. 일을 맡겼다면 끝까지 믿고 기다려야 합니다. 정직한 실수라면 관용을 베푸는 데 인색하지 말아야 합니다.

아홉, 모험 - 패배 앞에 무릎 꿇지 말라

현실 안주는 곧 죽음입니다. 달리는 데 힘이 들지 않는다고요? 그렇다면 이미 내리막을 달리고 있는 것입니다.

열, 역사 - 흥륭과 쇠망의 이중주 _ 쇠망사

로마는 하루아침에 이루어지지 않았습니다. 마찬가지로 하루아침에 무너지지도 않았습니다. 항상 깨어 있어야 합니다. 위기가 로마를 더 강하게 만들었습니다.

이 책을 다 읽고 나니 인문의 무성한 숲에서 산림욕을 하고 나온 느낌입니다. 눈도 마음도 몸도 시원해졌습니다. 무성한 인문의 숲이 경영의 자양분이 되기를 바라며 이 책을 한번 천천히 읽어보세요. 이것이 정신의 최고 산림욕이 아닐런지요?

9 불황에 10배 성장하는 회사가 있다면

세상에 거짓말쟁이는 많지만,
희망이라는 이름의 거짓말쟁이는
결코 신용을 잃지 않는다. - 잉거솔

『일본전산 이야기』 김성호 | 쌤앤파커스

이 책은 일전에 한 번 읽었습니다. 그러다가 전경련 독서클럽 창립 기념 동영상 촬영을 위해 다시 한 번 읽게 되었는데 감회가 남달랐습니다. 역시나 대단하다는 생각이 들었습니다.

직원 4명이 시골의 3평짜리 작은 창고에서 시작한 기업이 매출 8조를 올리고 직원만 13만 명이 되고, 계열사를 140개나 두게 되었다니 정말 대단하지 않습니까?

대체 그 작은 시골 창고에서 무슨 일이 벌어진 걸까요? 대체 어떤 마술을 썼길래 그런 일이 가능했을까요? 같이 공부해 보도록 하겠습니다.

하나, 하려 들었다면 반드시 한다

일본전산의 기업모토입니다.

"즉시한다.
반드시 한다.
될 때까지 한다."

반드시 한다고 결심해야 합니다. 될 때까지 한다고 마음먹어야 합니다. 이렇게 하면 안 될 일이 없습니다.

둘, 삼류 인재를 일류 인재로

1) 밥 빨리 먹는 사람 뽑기

이 회사는 콩이나 마른 멸치 같은 딱딱한 음식을 도시락으로 주며 빨리 먹는 시험을 쳤습니다. 그렇게 시험을 쳐보면 불만 없이 먹는 사람이 있게 마련이지요. 그런 사람을 뽑았습니다. 즉 긍정적인 사람인지 위장이 튼튼한 건강한 사람인지를 본 거지요. 그런 사람들이 일도 잘하거든요.

2) 화장실 청소 잘하는 사람 뽑기

밑바닥 청소를 잘하는 사람이 다른 일도 잘합니다. 그래서 이 회사는 화장실 청소 잘하는 사람을 좋아했어요.

3) 큰소리로 대답하는 사람 뽑기

목소리가 큰 사람은 자신감이 있고, 자기반성도 빠르다고 합니다.

3) 오래 달릴 줄 아는 사람 뽑기

이것은 지구력, 끈기, 인내심 테스트였다고 합니다. 이런 사람은 행여 지쳐도 마음에 불씨를 꺼뜨리지 않고 언제든지 다시 점화할 수 있는 사람이지요.

셋, 일본전산 3Q 6B

3Q : 좋은 직원, 좋은 회사, 좋은 제품
6B : 정리, 정돈, 청결, 예의, 단정, 소양

넷, 아끼는 직원일수록 호되게 나무라는 호통경영

직원의 마음을 얻는 가장 좋은 방법은 무엇일까요? '저 사람을 따라가면 밥은 굶지는 않겠다'는 생각을 심어주는 것입니다. 동시에 호통 → 자극 → 오기발동 → 각오 → 성과를 유도합니다. 흔히 성질 값 한다는 말이 있지요? 그 성질 값을 하게 만드는 겁니다. 특히 호통은 말로 하고, 칭찬은 글로 한다고 해요. 기억에 오래 오래 남게요.

다섯, 완고한 경영 방침

1) 가족경영을 하지 않는다.
2) 대기업의 하청업체로 남지 않는다.
3) 세계 어디서든지 통하는 기술만 개발한다.

여섯. 최고의 복지는 교육

이 회사는 한 사람의 직원이 입사 후 10년이 지나면 기능은 5배 늘고, 의식은 100배 성장해 있어야 한다고 믿었습니다. 그래서 1년에 52주는 교육을 하고, 1년 계획 중에 교육을 가장 우선으로 두고 시간 배정을 했다고 합니다. 특히 자기계발을 중시 여기고요.

(주)포스코에도 이런 개인역량 계발 PSC 제도라는 게 있다고 해요. 편안한 회사가 아닌 기회가 주어지는 회사, 역시 멋집니다.

일곱, 비즈니스 정글에서 활동하는 3가지 인간 유형

1) 스스로 불타오르는 사람

2) 주위에서 타오르면 같이 타오르는 사람

3) 아무리 해도 타오르지 않는 사람

3번의 인물형이 많으면 그 기업은 무조건 망합니다. 그리고 일본전산은 함께 타오르는 2번의 사람들이 많았습니다. 잘 되는 기업은 이렇게 같이 나갑니다.

실제로 일본전산의 회사 사옥이 우주선 모양을 하고 있다고 해요. 나가모리 시장이 이글이글 타오르는 태양을 닮고 싶어 했기 때문이에요. 이곳은 열정이 전염되는 분위기였던 것이지요.

여덟, 세계 1등이 아니면 안 한다

돌아가고 움직이는 모든 분야에서 No.1이 되겠다는 다짐이 지금의 일본전산을 만들어냈습니다.

저는 독서경영 분야에서 Only One이 되겠다는 다짐을 해보았습니다. 강의 차 기업들을 방문해보면, 사무실 한켠에 '즉시 한다, 반드시 한다. 될 때까지 한다' 는 표어가 붙어 있는 곳들이 있습니다.

실제로 이 책은 많은 기업들에서 독서토론 주제 책으로 가장 많이 읽는 책입니다. 업무에 열정을 실어주는 효자 책인 거지요.

"과거는 짧게, 미래는 길~~~~게!"

정말 강한 기업은 위기에 기회를 찾습니다. 눈부신 성장의 주인공이 되세요.

10 '새우깡' CEO가 들려주는 위기 극복 사고방식

인간은 돈을 상대로 사는 것이 아니다.
인간의 상대는 항상 인간이다. - 푸쉬킨

『십이지 경영학』 **손욱** | 페이퍼로드

우리나라의 사주명리를 바탕으로 한 십이지 경영학이라 그 주제부터 새롭지요? 이 『십이지 경영학』은 농심 새우깡 파문을 슬기롭게 헤쳐 나온 손욱 회장의 위기관리 방법을 담은 책이에요.

비즈니스 정글, 그만큼 험난한 정글도 없습니다. 이곳에서 어떻게 살아남을 것인가 궁금하시지요? 손욱 회장은 평소 역사와 철학 서적을 즐겨 읽는 분답게 그 해답을 십이지 속에 숨겨진 선조의 지혜에서 찾았습니다.

쥐 - 뛰어난 예지력으로 위기의 실체를 파악한다.

소 - 위기 극복의 시작, 끊임없이 문제를 되새김하라.

호랑이 - 먹이를 눈앞에 둔 호랑이는 결코 물러섬이 없다.

토끼 - 한눈팔지 않고 숨은 문제까지 계산한다.

용 - 변화를 주도하면서 순리를 거스르지 않는다.

뱀 - 낡은 껍질을 벗겨내지 못한 조직은 죽는다.

말 - 도전의 최일선에서 천리마 인재를 키워라.

양 - 원활한 커뮤니케이션을 위해 배려하라.

원숭이 - 뛰어난 모방력으로 창조의 원천기술을 확보한다.

닭 - 규칙과 절차의 중요성을 구현한다.

개 - 충의로써 고객의 신뢰를 배신하지 않는다.

돼지 - 풍요를 나눠 더 큰 풍요를 만든다.

마디마디 비유가 참 잘된 책이라 절로 고개가 끄덕여졌습니다. 게다가 그 말끝마다 감탄의 느낌표까지 찍을 수 있었습니다. 손욱 회장은 둑은 구멍 하나에 무너지니 눈에 보이지 않는 구멍을 찾기 위해 소의 되새김처럼 집요한 탐사가 필요하다고 말합니다.

쥐의 쌀독 이야기도 재미있고, 해답은 등잔 밑에 있다는 진리도 배웠습니다. 특히 여기서 이야기한 조직의 3통을 기억하고 싶습니다.

1) 언통 - 말, 즉 커뮤니케이션이 통해야 한다.
2) 지통 - 뜻과 의미가 통해야 한다.
3) 심통 - 마음, 즉 서로 공경하고 배려하는 조직의 신바람을 불어넣어야 한다.

마지막 돼지의 교훈, 풍요를 나눠 풍요를 만든다는 말이 기억에 남습니다. 주고 또 주면 더 큰 결실이 돌아오지요. 그래서 저희 집 가훈도 Give & Give입니다.

십이지의 교훈이 이 무더운 여름을 이기는 지혜를 주었습니다. 가을 날 무성한 열매를 위해 더운 여름 콧등에 송글 송글 맺히는 이 땀방울도 그저 고마울 뿐입니다.

11 실패를 컨트롤하는 실패 극복 매뉴얼

인생은 등에 무거운 짐을 짊어지고
먼 길을 가는 것이다.
그러기에 급히 달리지 말고
천천히 가야 한다. - 공자

「실패를 핑계로 도전을 멈추지 마라」 이병현 | 개미와 베짱이

어린아이들 보면 어떠세요? 제대로 걷기 위해서는 몇 십 번, 아니 몇 백 번을 넘어지는 걸 보고 안쓰럽기도 하고 열심히 응원하고 싶은 생각도 들죠?

그런데 어른이 돼서도 크게 다를 건 없습니다. 어린 시절 돌부리에 걸려 넘어지듯이 여러 난관들이 눈앞에 불쑥불쑥 솟아오르니까요.

모든 일이 잘 풀릴 때는 뒤를 돌아볼 틈이 없다고 합니

다. 실패하고 바닥을 보고 나서야 내가 가졌던 것이 얼마나 소중한지도 알고, 지난 경험에 비추어 희망을 찾는 법도 알게 되잖아요. 그런 면에서 실패는 우리를 키워내는 또 다른 걸음마인지도 모르겠습니다.

이 책의 저자 이병현 님은 오직 성공만 대접받는 세상에, 실패를 통해서 성장한 삶을 이 책에 담아냈는데요. 한때 한해 매출 150억을 올리는 회사의 CEO에서 실패의 나락으로 떨어졌다가 다시 희망을 건져 올린 이병현 님의 일대기, 그 향기가 짙습니다.

하나, 실패는 우연이 아닌 필연적인 것입니다

실패하고 나서 우리는 "아, 정말 운이 나빴어"라고 말합니다. 하지만 인간의 삶에서 실패는 어쩔 수 없이 일어나는 필연적인 것이죠. 게다가 어쩔 때는 그 실패가 더 큰 성공을 가져오기도 합니다. 가정에서도, 직장에서도, 공부에서 언제나 도사린 실패, 중요한 것은 그것을 어떻게 피하느냐가 아니라 어떻게 받아들이냐입니다.

둘, 실패에도 유형이 있습니다

조직에서, 사회에서, 가정에서 닥치는 실패들, 처음에는 그런 일이 벌어질 때 두렵고 정신 없는 경우가 많지요. 하지만 돌이켜 가만히 생각해보면 그럴 수밖에 없었던 이유들이 존재합니다. 그럴 때 그 이유를 핑계로 삼는다면 거기서 끝나고 말지만, 그 이유를 경험으로 삼으면 앞으로 같은 실수를 반복하지 않게 됩니다.

이 책은 그런 실패의 유형들을 간결하게 분류하고, 그에 대한 정신적 · 육체적 대비책을 어떻게 마련할지까지 이야기하고 있습니다.

셋, 실패를 극복하는 것도 재능입니다

이 책에서 말하고자 하는 굵은 줄기는, 즉 난관을 이겨내는 것도 인간이 가진 본능이자 후천적으로 성장하는 재능이며, 인간은 그 안에서 보다 인간다운 면모를 얻을 수 있다는 점입니다.

요즘 들어 '성공'만 대접 받고 실패는 인정하지 않는 경향이 있지만, 실패를 경험한 사람들, 그리고 역경을 극복한 사람들은 쉽게 성공한 사람들보다 더 큰 보너스를 얻습니다.

스스로를 교만하지 않게 통제하고 다듬어주고, 그것을 토대로 새로운 삶과 신념을 공부하고 지속해갈 수 있기 때문입니다. 그런 면에서 실패를 잘 극복하면 인생의 훌륭한

교사로부터 잘 배워 더 큰 재능을 키워가는 것과 다르지
않습니다.

작은 실패에 너무 연연하다가 중요한 기회를 놓쳐버리
신 적이 혹시 있으신지요? 실패가 두려워 애초에 시도하지
않는 인생, 참 재미없는 인생일 겁니다.
'실패해도 좋다, 다시 일어설 수 있다는 믿음만 있다
면'이라고 말하는 듯한 이 책 한 권, 머리맡에 두고 천천히
즐기시면 좋겠습니다.

역경을 극복한 사람들은 쉽게 성공한 사람들보다
더 큰 파트너스를 얻습니다

12 평범한 스물일곱 청년의 혹독한 수련기

인생에는 단 두 가지 규칙만 존재한다.
첫째, 절대 포기하지 말 것.
둘째, 첫 번째 규칙을 절대 잊지 말 것.
─듀크 엘링턴

『스물일곱 이건희처럼』 이지성 | 다산라이프

27세, 이건희, 그가 평범했다고 하면 믿으실까요? 공부는 뒷전이고 영화에만 매달려 무려 1,200편을 보고 골프를 즐기고 애완견을 키웠다고 합니다. 그런데 그가 40대가 되어서는 초일류 기업 삼성의 총수가 되었어요. 과연 잘 놀아야 성공한다는 진리가 통했을까요? 아니, 아니, 절대 아니었습니다.

그는 어른이 된 이후에야 혹독한 '진짜 공부'를 했습니다. 그리고 그것을 바탕으로 당시 세계 삼류에 불과하던 삼성을 세계일류기업을 벤치마킹해 최고의 기업으로 키웠지요.

그렇다면 그는 어떻게 공부했을까요?

하나, 현실감각, 성공관념, 진짜공부 : 갑옷을 입고 창과 방패로 무장하고 쉬지 않고 전진했군요.

40대의 나는 반드시 성공한 사람이 되어 있어야 한다, 성공한 사람은 조용히 살지만 실패한 사람은 쥐죽은 듯 살아야 한다. 크게 공감합니다.

둘, 진짜 공부는 어떻게 할까요?

바로 전문가를 만나야 합니다.

1) 전문가는 멀리 있지 않습니다.

2) 감동을 준 사람은 모두 전문가입니다.

3) 성공한 사람을 직접 찾아가서 만나라.

4) 일대일 코칭을 받아라.

셋, 겉모습은 직원, 마음은 CEO

저는 이 대목에 정말 별 다섯 개를 주고 싶습니다. 성공한 사람들은 대부분 전투적으로 살았다는 공통점이 있습니다. 그는 한 기업의 총수이기 전에 직원의 마음으로 분주히 뛰어다닌 사람이었습니다.

넷, 13년의 실패를 딛고 다시 일어섰습니다

"삼성 병을 못 고치면 삼성은 망한다."

그는 그 대단한 자신의 기업을 이렇게 반성했습니다. 그리고 자신의 실패를 비웃는 사람들에게도 이렇게 말했습니다.

"모든 사람들이 100퍼센트 실패할 것이라고 말한다 할지라도 저는 1000퍼센트 성공합니다. 그러니 헛소리 말고 돌아가시오."

다섯, 미래를 놓고 몸이 마를 정도로 고민했습니다

그는 불확실한 미래를 견디기 위해, 열심히 책을 읽고, 전문가들에게 묻고, 성공한 기업을 조사했습니다. 과거에 제가 자서전을 많이 읽고 흉내를 냈던 것처럼 말입니다.

여섯, 진정한 독서는 마지막 책장을 넘기는 순간 시

작됩니다

문학은 작가가 결론을 내려줍니다. 하지만 자기계발 서적은 독자가 결론을 내립니다. 바로 치열한 실천으로 말입니다. 멋지지요? 이 대목에도 역시 별 다섯 개입니다.

일곱, 이건희에게 배우고 싶은 3가지

1) 자기계발에 목숨을 걸어라.

2) 자기계발에 돈 쓰는 것을 절대로 아까워하지 마라.

3) 주변사람들이 당신을 어떻게 보든, 자기계발에 몰두하라.

여덟, '사람 살려' 하는 심정으로

간절함은 때로 초인적인 힘을 냅니다. 변화를 향한 마음이 얼마나 뜨거운지, 행동이 얼마나 변했는지를 살펴야 합니다. 그리고 또다시 뜨거운 마음으로 자기계발에 임해야 합니다.

아홉, 회사는 얼굴, 제품은 품격

"기업의 품격은 CEO의 품격입니다. CEO의 품격이 직원들의 품격입니다. 직원들의 품격은 제 품격이지요."

열, 스물일곱 이건희

그는 혹독한 진짜 공부를 통해 40대에 세계적 기업의 총수로 거듭났습니다. '사람 살려!' 하는 절박함이 그를 만들어냈습니다.

20대엔 평범했고, 30대에는 실패자였으며, 40대에 세계 최고 경영자가 되었습니다.

그랬군요. 미래를 준비하는 '진짜 공부'를 해야겠습니다.

미래를 준비하는 '진짜 공부'를 해야겠습니다.

4 장

세상과 인생을
배우는 책 읽기

1 21세기, 우리가 사는 세계는 어떤 모습인가?

인생이란 나이가 아니라
행동이며, 호흡이 아니라 생각이요,
존재가 아니라 느낌이다.
우리는 심장의 맥박으로
시간을 헤아려야 한다.
- 필립 제임스 베일리

『세계는 평평하다』
토머스 L. 프리드먼 지은이 | 김상철, 이윤섭, 최정임 옮긴이 | 창해

벌써 가을이 깊어가고 있습니다. 세월이 참 빠르지요?
지난 주말에 서점 나들이를 했습니다. 카트를 천천히 끌고
다니면서 책을 골라 한 아름 차에 싣고 돌아오는데, 왠지
부자가 된 기분이었답니다.

저는 좋은 책이 출간되면 곧바로 구해서 무섭게 읽어버
리는 습관이 있는데, 그 동안 왜 이런 좋은 책을 모르고 지
냈을까 하는 책 한 권이 있었어요. 바로 토마스 L 프리드먼

의 『세계는 평평하다』입니다.

이 책은 읽고 나면 '어, 참 멋진 책이구나' 하는 말이 절로 나옵니다. 마지막 장을 덮으면서 어떻게 이 책을 놓쳤나, 출간하자마자 재빨리 읽지 못했던 게 못내 아쉬울 정도였거든요.

물론 저보다 빠른 많은 분들은 벌써 읽으셨으리라 생각되는데요, 그래도 저와 함께 짧고 핵심적인 리뷰를 한번 해보기로 해요.

이 책에서는 세계가 점점 평평해진다고 말하고 있습니다. 그렇다면 이 '평평화'는 어떤 의미일까요? 바로 기업은 물론 개인의 업무가 국내에 머무르지 않고 세계로 분산되는 것을 말합니다. 이른바 세계화의 현상이지요.

하나, 그렇다면 세계는 언제 어떻게 평평해지고 있을까요?

이 세계는 한꺼번에 급속도로 평평해지는 게 아니라 우리가 자는 동안에도 계속해서 평평해지고 있습니다. 특히 베를린 장벽이 붕괴하고 인터넷이 등장하면서 더더욱 가속되고 있지요.

예를 들어 미국의 한 회사가 파워포인트 자료 분석 정리를 한다고 가정해보면, 이걸 미국인 비서에게 야근하라고 시키는 대신 지구 반대편 인도의 저임금 비서에게 의뢰합니다. 그러면 이 미국 비서가 잠을 자는 동안 그가 분석 자료를 작업해서 다음날 깨끗하게 이메일로 배달해주는 거지요.

둘, 지구상에 벌어진 세 가지 변화가 세계의 평평화를 이끕니다

저자 프리드먼은 세계화 시대의 변화 주체의 동력을 제1단계는 국가, 제2단계는 기업, 제3단계는 개인이라고 말하고 있어요.

그리고 요즘 같은 세상에서는 누구나 큰일을 해낼 수 있다면서, 굳이 국가의 도구나 기업을 이용하지 않고도 통신망이나 네트워크를 통해 전 세계의 개개인들과 경쟁할 수 있다고 말하지요.

셋, 평평한 세계에서는 세계 곳곳에 일자리가 널려 있습니다

하지만 이 혜택은 누구에게나 주어지는 건 아니지요. 지식과 아이디어를 갖춘 사람에게만 그렇습니다.

미국, 영국 등의 나라에서는 인도나 중국 출신의 비교적 저임금의 A+ 인재를 찾고 있고, 기업들도 저임금이 가능한 개발도상국들에 아웃소싱은 물론 투자도 아끼지 않고 있지요.

넷, 세계를 평평하게 하는 10가지 동력은 무엇일까요?

1) 베를린 장벽 붕괴와 윈도우즈 출현

2) 웹의 일반화와 넷스케이프의 대중화

3) 워크플로 소프트웨어

4) 커뮤니티의 영향력 강화

5) 아웃소싱

6) 오프쇼어링

7) 공급사슬

8) 인소싱

9) 구글, 야후, MSN 웹 검색

10) 디지털, 모바일, 퍼스널, 버추얼

21세기 신세계를 일궈낸 영향력 있는 신기술과 신개념의 출현들을 정말 탁월하게 짚어냈습니다.

콜럼버스가 "지구는 둥글다"는 명언을 남겼다면, 토마스 프리드먼은 "세계는 평평하다"는 명언을 남겼습니다. 이렇게 평평해진 세계화 세상에서 살아남으려면 국가는 교육에 더욱 힘써야 하고, 지도자는 비전을 제시하는 리더십이 무엇보다 필요하겠지요.

그 방대한 832페이지 내용을 몇 줄의 독서향기로 전한다는 것이 저자에게 상당히 송구스럽고 독자들께도 아쉬움만 전하는 듯해 마음이 편치 않습니다.

기회가 되시면 꼭 한 번 저자의 목소리에 천천히 귀 기울여 보시는 건 어떨지요? 유익하기도 하지만 참 재미있는 책이거든요.

2 최고의 미래학자가 말하는 다가올 부의 미래

우리의 충성심은 인종과 계급,
국가를 초월해야 한다.
세계를 더 멀리 바라봐야 한다.
- 마틴 루터 킹 2세

『부의 미래』 앨빈 토플러 지은이 | 김중웅 옮긴이 | 청림출판

　묵직하고 두꺼운 책은 쉽게 읽기에는 너무 많은 내용을 담고 있는 경우가 많습니다. 그래서 아무 데서나 가벼운 마음으로 읽는 것보다는 집중이 필요한데요. 초벌 읽기만 하고 책꽂이에 시집보내기 아까운 책들이 있지요. 그 중에 하나가 바로 앨빈 토플러의 책들입니다.

　그의 목소리에 귀 기울이고 자꾸 반복해서 듣고 싶은 지구촌 이야기, 지구촌에서 일어나는 빠른 변화들과 변화 속에 적응하는 인간의 모습, 그야말로 감동적인데요.

시간, 공간, 지식의 여행과 다름없는 그의 책을 알게 된 건 이 책이 나온 지 무려 12년 뒤였습니다. 그는 치명적인 병마와 싸우는 외동딸을 지켜봐야 하는 그 가슴 절절한 아픔 속에서 이 책을 써냈다고 하지요?

미래 연구에 대한 저자의 식지 않는 에너지와 열정, 그 뜨거운 바이러스가 충분히 전해지는 책입니다. 그렇다면 앨빈 토플러가 안내하는 부의 미래는 어떤 모습일까요?

그는 책 서두를 "미지의 세계로 들어온 것을 뜨거운 가슴으로 환영한다"는 긍정적이며 희망적인 메시지로 엽니다.

하나, 혁명

1부는 이 책의 모든 내용을 간추리고 개괄하는 성격의 글들입니다. 보이는 부(돈)와 보이지 않는 부(지식과 정보)에 대한 내용이지요. 그는 부와 돈은 동의어가 아니라고 말합니다. 왜냐하면 때로 부는 돈으로 살 수 없는 것도 살 수 있기 때문이지요.

둘, 심층 기반

2부에서부터는 진지하게 논의가 시작됩니다. 부의 창출에 있어 '기반'은 진정한 기반이 아니며, 본질적인 '심층 기반'을 살펴봐야 한다는 것이지요. 제 1물결이 시스템으로 부를 창출하고, 제 2물결이 제조업으로 부를 창출했다면, 제3의 물결은 서비스하는 것, 생각하는 것, 아는 것, 경험하는 것을 기반으로 부를 창출한다고 하네요.

셋, 시간의 재정렬

이 책에서 가장 재미있는 부분이 바로 이 3장입니다. 세상의 모든 조직들을 고속도로에 시속 100마일로 달리는 자동차와 비유해 설명한 부분이 매우 흥미로웠습니다.

1등으로 달리는 100마일 - 기업과 사업체

2등으로 달리는 90마일 - NGO 시민단체

3등으로 달리는 60마일 - 미국의 가족

4등으로 달리는 30마일 - 노동조합

5등으로 달리는 25마일 - 정부관료조직, 규제기관

6등으로 달리는 10마일 - 미국의 학교

7등으로 달리는 5마일 - UN, IMF, WTO

8등으로 달리는 3마일 - 정치조직

9등으로 달리는 1마일 - 법

법은 살아있으되 간신히 목숨만 부지하고 있다는 부분, 참 재미있는 표현이지요? 이는 정부의 관료주의, 교사 노조가 좌지우지하는 공장형 학교 교육, 봉건적 발상을 벗어나지 못하는 정치권이 지식기반 시스템과 선진경제로의 발전을 가로막는다고 꼬집는 것입니다.

그러나 토플러가 내다보는 미래는 이처럼 부정적이고 불확실하면서도 도전해볼 만한 미래입니다. 그는 지식혁명이 만들어낼 새로운 부의 창출 시스템과 자본주의의 미래에 대해서도 많은 질문을 던지고 있는데요.

'자본주의에 대한 새로운 정의(定義)는 무엇인가?'

'제4의 물결 속에서 자본주의는 어떤 모습으로 변해갈 것인가?'

그리고 앨빈 토플러가 해답의 실마리로 제시하는 새로운 단어는 '무형성(無形性)'입니다.

'보이는 부(visible wealth)'와 '보이지 않는 부(invisible wealth)' '보이는 시장(市場)'과 '보이지 않는 시장', '보이는 화폐경제'와 '보이지 않는 비(非) 화폐경제', 이런 '보이지 않는 것들'이 '보이는 것들'과 상호작용하면서 혁명적인 변화를 일으켜 일찍이 역사상 없었던 모습의 부의 창출 시스템을 만들어내고, 그것이 자본주의의 미래를 바꿔나갈 것이란 얘기지요. 그리고 토플러는 무형성을 향한 혁명적 변화는 현재 일어나고 있는 자본주의 변신의 첫 시작에 불과하다고 말합니다.

즉 자본의 의미 자체가 혁명적으로 전환되고 있는 상황에서 유형자산에 대한 집착을 버리고 지식혁명에 몰입해야 한다고 말하는 것이지요.

넷, 공간의 확장

또한 그는 고부가가치 장소를 창조하기 위한 경쟁이 미국을 비롯한 전 세계에서 벌어지고 있으며, 이제 필요한 혁명은 시간과 부의 관계, 공간과 부의 관계를 동시에 바꾸는 정신적인 혁명이라고 강조합니다.

다섯, 지식에 대한 신뢰

특히 이 5장에서 번쩍 하고 눈에 들어오는 부분이 있었습니다. 바로 "지식은 미래의 석유다"라는 부분이었지요. 석유는 쓸수록 줄어들지만, 지식은 더 많이 쓸수록 더 많이 창조된다는 겁니다.

그렇다면 미래의 · 석유는 얼마나 존재할까요? 내가 알고 있는 지식도 어느 시점에는 무용지물이 될지 모른다는 점에서 세상의 흐름을 인지하는 안테나를 높이 높이 세우고 볼일입니다.

여섯, 프로슈밍 ―prosuming, 생산소비―

이 부분은 다들 많이 강조하는 부분이지요. 여기서는 비화폐경제활동을, 화폐경제의 근원이라고 설명합니다. 사회발전의 원동력은 열정적인 '아마추어―프로슈머' 였다는 증거도 들면서요.

일곱, 데카당스

데카당스는 퇴폐, 부패, 쇠퇴라는 뜻을 가진 단어로 로마제국 쇠망기의 타락과 방탕의 시대상을 말하는 것입니다. 미국은 75퍼센트가 결혼에 동의하는 반면 일본의 88퍼센트가 결혼에 동의하지 않는다고 하지요?

세계 최고의 이혼율을 자랑하는 한국의 불명예 딱지도 어쩌면 이런 자연스러운 데카당스의 한 부분일 수도 있을 것 같습니다.

여덟, 자본주의의 미래

무형자산, 지식 상품은 수백 명이 동시에 이용해도 고갈되지 않는 것입니다. 그리고 이 무형의 자산이야말로 미래의 부지요. 지식 광장에서 얼마나 열심히 즐기며 놀 것인가가 바로 미래의 화폐가 되는 것입니다.

아홉, 빈곤

여기서 토플러는 미래의 얘기를 하면서 햇살에 비치는 스탠드글라스를 보여줍니다. "절대 빈곤 해소 p.432"를 "유전자 조작을 통해 개량한 식품"을 이용해서 해소할 수 있을 것이라고 말하지요. 그렇게 빈곤을 해소하고 나면 시력을 보호하는 황금 쌀도 나오지 않을까요? 책읽기를 많이 하는 사람에게는 반가운 소식입니다.

열, 지각변동

그는 아시아가 세계의 중심이 되고 중국이 세계무대 위로 솟아오를 것이라고 예견했습니다. 그것은 아시아가 시간과 공간과 지식이라는 심층기반에 집중하고 있기 때문이라고 말하지요. 실로 21세기의 중국과, 일본, 한반도, 유럽과 그리고 미국의 이야기를 전반적으로 다루고 있는 이

장은 분량이 어마어마합니다. 그는 중국의 가능성과 다시 살아나기 시작한 일본 이야기, 한반도에 존재하는 두 나라의 기이한 관계에 대해 이야기하며, 유럽에 대한 비관적 전망과 미국에 애정 어린 사랑을 전합니다.

특히 세계석학 토플러가 본 한반도의 모습이 어찌나 정확한지 한국의 빨리 빨리 문화와 느릿느릿 외교의 모순을 잘 기가 막히게 꼬집어내고 있지요.

> "심층 기반 가운데 가장 이해하기 어렵고 적게 취급되는 요인인 시간과 시기는 바로 한반도 미래의 핵심이다." -p.492

저는 한국에서 태어났습니다. 그러나 이 책을 읽으며 미국, 영국, 유럽을 넘어 일본, 중국을 지나 세계를 한 바퀴 돌고 돌아온 느낌입니다. 분명한 건 이제 세상이 하나의 세상, 더 정확하게 말하면 하나의 거대한 시장을 이루고 있다는 점입니다.

그리고 다시 한국으로 돌아온 저는 미처 소화되지 못한 방대한 정보에 소화제라 먹어야 할 것 같은 기분이네요. 물론 기분 나쁜 포만감은 아니라는 것, 여러분도 잘 아시지요?

3 진정한 친구는 행복의 또 다른 이름

인생이란 우리들 자신이
만드는 것인 동시에
우리가 선택한 친구에 의해
만들어지는 것이다. - 중국 속담

『행운의 절반, 친구』 **스탠 톨러** 지은이 | **한상복** 옮긴이 | **위즈덤하우스**

커피향이 가득히 피어나는 오후입니다. 때때로 행복이란 건 그리 화려하거나 찬란하지 않은 것일 수도 있다는 생각을 하게 됩니다. 저는 때로 따뜻한 차 한 잔 나눌 수 있는 친구만 있어도 그것만으로도 행복해지거든요.

오늘은 『행운의 절반, 친구』를 함께 나누면서, 누군가를 좋은 친구로 받아들이고, 또한 내가 누군가에게 좋은 친구가 되어주는 일이 얼마나 좋은지를 생각보기로 해요.

하나, 나는 누구의 친구입니까?

커피는 물과 섞이면 조화로운 맛과 향을 만들어내고, 사람은 사람과 어우러질 때 향기로운 행복과 성취를 만들어냅니다.

둘, 왜 우리는 점점 더 외로워질까요?

정보통신기술이 발달하면서 우리는 매일 같이 많은 사람들을 온라인으로 전화로 만납니다. 이처럼 서로에게 열려 있는 세상에서 왜 사람들은 더 외로워질까요? 그저 인생은 외로움의 연속이기 때문일까요?

그것은 순수성을 잃었기 때문입니다. 아무리 첨단기기를 이용해서 서로를 연결해도 그 소통에 진심은 없고, 계산만 있을 뿐입니다. 외로움이란 진심을 얻지 못할 때 생기는 것입니다.

셋, 좋은 친구를 원하십니까? 먼저 좋은 친구감이 되어야 합니다

돈보다 중요한 건 자산입니다. 그 자산 중에 가장 귀한

게 친구입니다. 마음을 나누는 진정한 친구를 만나는 것이
야말로 인생 최고의 자산인 것입니다.

좋은 친구를 얻기 위해서는 내가 먼저 좋은 토양이 되어
야 합니다. 새로운 친구를 만난다는 것은 경험해 보지 못
했던 새로운 세상을 향해 다가서는 것과 같습니다.

넷, 좋은 친구 사이가 되려면 상대방의 오감에 집중해야 합니다

오감으로 듣는다는 것은 마음의 문을 연다는 것입니다.
그래야 공감도 할 수 있습니다. 공감은 소통이고, 그 소통
이 좋은 친구 사이를 만듭니다.

기쁨의 맛, 슬픔의 맛, 분노의 맛, 후회의 맛, 이런 맛들
이 모여서 삶의 맛을 이루고, 그것을 나누는 것이 친구입
니다.

다섯, 어머니는 언제나 내편이 되어주는 친구입니다

나는 몇 번이나 어머니의 편이 되어 드렸을까 생각해봅
니다. 어머니의 웃는 얼굴, 그 주름살에 숨어있는 땀과 눈
물의 흔적을 잊어서는 안 됩니다. 어머니는 내 인생을 먼
저 살아본, 헌신으로 충만한 가장 좋은 조언자입니다.

여섯, 친구를 통해 세상을 만납니다

어떤 인생을 살았는지 스스로 평가해 보고 싶다면, 주위를 둘러보아야 합니다. 잠자코 이야기를 들어주는 친구가 있는지를 말입니다.

그런 친구가 단 한 명이라도 있다면 당신은 성공한 인생을 산 것입니다. 좋은 사람들과 친구가 될수록 삶도 풍요로워집니다.

일곱, 행운의 절반은 내가, 나머지 절반은 친구의 간절한 기도 덕분입니다

우리가 할 수 있는 삶에서의 최고의 투자 중에 하나가 바로 친구를 찾는 일입니다. 이 순간 당신 곁에는 어떤 친구가 있는지요?

다이애나 홍이 소중한 당신의 독서 친구가 되어드리겠습니다.

4 훌륭한 인생 설계도는 어떻게 그려지는가?

『블루 프린팅』

론 카슨 , 스티브 샌듀스키 지은이 | **권오열, 한국FP협회** 옮긴이 | **리베르**

참 좋은 하루가 열렸습니다. 요즘 들어 이불을 박차고 나올 때, "나는 오늘도 최고의 하루를 선택한다! 야호! 하하하!" 하고 외치고 있습니다. 한국웃음연구소에서 배운 하루를 더 즐겁게 지내는 방법입니다.

『블루 프린팅』을 읽으면 진정한 성공을 찾아가는 길이 무엇인지 알게 됩니다. 바로 세상의 속박에 얽매지 않고 자신의 의지로 하나씩 이뤄가는 삶, 자기 내면의 소리에 귀를 기울이는 삶이라는 것을 느끼게 되지요.

하나, 블루 프린팅이란 무엇일까요?

한마디로 자기를 찾아가는 과정, 인생의 청사진을 말합니다. 스스로의 생각을 자극할 수 있는 질문을 던져서 내 마음이 내는 소리를 듣고, 그것을 통해서 삶의 의미와 목적을 분명히 하는 것입니다.

둘, 어떻게 찾아갈까요?

산꼭대기에 올라가 아래를 내려다보면 완전히 다른 세상이 보입니다.

이제 막 그 산을 올라가는 사람에게는 한 발자국 한발자국이 힘들고 땀과 심장의 박동소리에 힘겹지만, 그래도 목표를 세우면 그 목표가 나를 이끌어주게 됩니다.

정상을 가는 길에는 두 가지 조건이 필요합니다. 폭풍우와 햇살입니다. 폭풍우는 다시 도전할 수 있는 기회이며, 햇살의 나눔의 기회입니다.

셋, 어머니의 메아리를 기억하십니까?

어머니들이 우리에게 진심과 사랑으로 하시던 말씀을 기억하세요?

"애야, 네가 하고 싶은 일을 하렴."
"애야, 연습하고 또 연습해야 이룰 수 있단다."
"10년 동안 열심히 하면 인생을 바꿀 수 있단다."

넷, 가슴으로 듣는 세상이 아름답습니다.
이런 말이 있습니다.

눈으로 보되 눈으로 보지 말고,
귀로 듣되 귀로 듣지 말고,
손으로 만지되 손으로 만지지 말고,
발로 오르되 발로 오르지 말고,
알기는 알되 머리로 알지 말라.

머리와 머리가 만나면 그 생명이 길지 않습니다. 반면 가슴과 가슴이 만나면 그 생명이 영원합니다.
나를 찾아가는 내면의 소리도 가슴으로 들어야 하고, 다른 사람의 내면의 소리도 가슴으로 안아야 합니다.

돈과 성공은 그 다음입니다. 이것이 우리를 행복하게 하는 인생의 청사진, 진정한 블루 프린팅(Blue Printing)입니다.

워렌 버핏은 진정한 성공은 사랑받고 싶은 사람에게서 사랑받는 것이라고 했지요?

가족과 친구와의 추억과 사랑을 입금하는 마법의 통장이 있다면 얼마나 좋을까요? 없다면 여러분 스스로 만들어 보면 어떨까요?

5 새로운 미래를 주도할 인재는 누구인가?

젊은이들이여,
학문을 주머니 안에만 담아두지 말고
그 학문과 결혼하라.
짐 실은 당나귀가 헐떡거리며 가듯 말고
애인과 같이 그 학문과 손잡고 가라. - 몽테뉴

『새로운 미래가 온다』 다니엘 핑크 지은이 | 김명철 옮긴이 | 한국경제신문

좋은 아침 시간에 이 글을 씁니다. 저는 새벽마다 1시간 정도 아침 산행을 하는데, 혹시 저처럼 새벽 산행을 즐기시는 분이라면 잘 아실 거예요. 봄이면 1년 중에 싱그러운 기운이 최고조입니다. 얼어붙었던 땅이 되살아나는 느낌, 새잎들의 하모니가 발끝에 리듬을 실어주더군요. 참 좋은 계절입니다.

모든 것이 새로운 봄, 주말 동안 읽은 『새로운 미래가 온

다』가 읽는 내내 행복감을 주더군요. 그 행복한 메아리를
전해드릴게요.

세계적인 석학인 다니엘 핑크가 들려주는 새로운 미래
는 마치 종합예술을 연상케 합니다. 미래학자 앨빈 토플러
가 들려주는 이야기와는 또 다른 미래 트렌드 이야기, 정말
쉽고도 재미있거든요.

다이엘 핑크가 들려주는 미래 트렌드 6가지 핵심은 다음
과 같습니다.

하나, 디자인

이제는 상품이 아무리 좋아도 기능만 좋아서는 안 된다
는 거죠. 시각적으로 아름답거나 소비자로부터 좋은 감정
을 들게 하는 이른바 '가치'를 만들어야 합니다. 기능만 훌
륭하거나 서비스만 좋거나 해서는 충분하지 않습니다. 디
자인이 비즈니스이고, 비즈니스가 곧 디자인입니다.

둘, 스토리

아무리 끌리는 상품도 그저 눈으로만 보면 우리 머릿속

에 남아 있는 시간이 길지 않습니다. 하지만 스토리를 통한 전달은 우리 감성에 호소하게 되고, 그렇게 감성을 자극하는 이야기들은 기억에 오래 남을 뿐만 아니라 마음을 움직이기도 쉽지요.

특히 이것을 인생에 비유하며 스스로 자기 삶의 작가가 되어야 한다는 말에는 저도 심장이 두근댔습니다. 정말 멋지지 않으세요?

셋, 조화

조화란 작은 조각들을 결합하는 능력입니다. 분석보다는 종합하는 능력이고, 이종 간의 관계를 발견하는 능력이고, 누구도 결합할 생각을 하지 못했던 요소들을 한곳에 결합해 뭔가 새로운 것을 창조해내는 능력입니다. 즉 큰 그림을 그리는 것이죠. 전체를 바라보는 능력입니다.

넷, 공감

공감이란 스스로를 다른 사람의 처지에 놓고 생각해서 그 사람의 느낌을 직관적으로 이해하는 능력, 다른 사람의 입장에 서서 그 사람의 눈으로 보고 그 사람의 감정을 느끼는 능력을 말합니다.

다섯, 놀이

놀이는 중요합니다. 유머, 즐거움의 측면에서 놀이는 새로운 사고방식, 효율성, 감성지수 등 우뇌적 사고를 키우는 지표이지요. 하이컨셉 시대에서 재미와 게임, 웃음은 더 이상 그저 웃어넘기고 말 것들이 아닙니다.

여섯, 의미

의미의 추구는 인간을 살게 하는 원동력입니다. 우리는 빈곤에서 벗어나면서부터 생존투쟁의 각박함에서 벗어나 더 풍요로운 삶의 의미를 찾아 헌신할 수 있게 되었지요.

하이컨셉, 하이테크 시대에는 특별한 인간의 재능들이 부각되는 일이 많아집니다. 컴퓨터로는 할 수 없는 일들, 바로 디자인, 스토리, 조화, 공감, 놀이, 의미 등이지요. 그런 의미에서 다니엘 핑크는 다음 세 가지 질문이 앞으로 누가 더 앞서가고 누가 더 뒤처지느냐를 판가름하는 기준이 된다고 말합니다.

1) 해외에 있는 사람이 당신의 일을 더 싸게 할 수 있는가?
2) 컴퓨터가 당신의 일을 더 빨리 할 수 있는가?

3) 풍요의 시대에 비물질적이며 초월적인 욕구를 만족시키는
   상품이나 서비스를 제공하고 있는가?

다니엘 핑크가 제시한 미래 세상에 중요한 6가지 직업과 능력을 쉽게 정리하자면,

우리 눈을 즐겁게 하는 디자인을 창조하는 디자이너, 스토리를 만드는 작가, 조화를 이끌어내는 오케스트라 지휘자, 공감할 수 있는 상담가, 웃음을 만드는 유머짱, 의미를 끌어내는 평론가 등입니다.

이것이 다가올 새로운 미래에 우리가 갖춰야 할 모습입니다. 새로운 미래라는 종합예술에 맞춰 한판 춤사위를 벌여 보시길 바랍니다.

6 돈 잘 버는 귀신, 때깔도 좋다

고생은 즐거운 것이 아니다.
그러나 고생 없는 인생은 가치 없다.
쇠와 강철의 차이는 불에 달려 있다.
그래서 항상 쇠보다는 강철이 더 값진 것이다.
- 말트비 밥콕

『온주상귀』 허쥔 지은이 | 임지혜 옮긴이 | 천케이

가끔 "저 사람 뭐하는 데는 정말 귀신이야"라는 말을 듣게 될 때가 있지요? 그것 하나만큼은 귀신도 울고 갈 정도라는 말입니다.

세상 앞일 한 치 알 수 없다고 하듯이 사업도 벌여만 놓고 앞일은 알 수 없는 것인데요. 이 돈 버는 데도 귀신이 있습니다. 놀라운 부의 기술을 가지고 있는 돈 귀신들의 이야기를 『온주상귀』에서 만나보실 수 있습니다.

하나, 중국 토착 지주에서 세계의 거상이 된 온주 상인들

온주는 중국의 작은 농어촌 시골이었습니다. 이곳 사람들은 굶주리고 허덕이는 절대빈곤의 삶에서 벗어나기 위해 "돈을 벌자!", "돈을 벌자!"를 외치며 골목을 뛰어다니면서 구두 닦아주고 수선해주는 일을 했습니다. 그런데 20년이 지난 오늘날, 온주는 현재 중국에서 가장 부유한 도시로 바뀌었습니다. 그 비결은 바로 사람에게 있었습니다. 온주상인들, 그들은 빠른 두뇌와 명석함은 정평이 나 있다고 합니다.

둘, 온주 상인의 3가지 사업 방식

첫째, 그들은 고생을 두려워하지 않습니다. 구두를 닦으면 어떻습니까?

둘째, 용감하게 뛰어듭니다. 일단 결심하면 그 목표를 꼭 이뤄내고 말지요.

셋째, 한데 잘 뭉칩니다. 그러니 지혜는 두 배가 되고, 어려운 일이 있어도 끄떡하지 않습니다.

셋, 유태인을 굴복시킨 온주상인들

유태인은 하루 8시간 일했지만, 온주 사람들은 하루 13시간 일했습니다. 가공 생산의 상품주기가 짧고 가격이 저렴하며, 품질이 우수한 상품을 생산해낼 수 있었지요.

그들은 작업 무대에서는 현대판 징기스칸과 다르지 않았습니다.

성을 공격해 그 땅을 빼앗고 공격할 때마다 승리의 깃발을 휘날리듯이 서서히 시장에서 유태인을 몰아냈고, 자신들의 상품을 최고로 등극시켰지요.

넷, 시련을 견디지 못한 자는 무지개를 보지 못합니다

온주상인 중 한 사람인 진씨는 프랑스에 도착하자마자 매일 15시간씩 일했다고 합니다. 매일 새벽 해가 뜨기도 전에 일을 시작해 저녁에는 프랑스어 공부에 매달렸지요. 그렇게 무려 5년을 달을 보며 출퇴근한 것입니다.

결국 그는 사업고민, 환경, 악천후, 향수, 가족과의 생이별, 외로움, 사기, 사업 실패 등등을 겪으면서도 다시 일어나고 또 일어날 수 있는 단련을 이때 다 할 수 있었습니다.

고생 없이는 경험도 없고, 경험 없이는 결코 성공할 수 없습니다.

다섯, 담력이 있어야 천하를 얻습니다

중국인이 돈 방석에 앉을 수 있었던 세 번의 기회가 있었습니다. 하나는 사업에 뛰어들어 투기로 돈을 버는 것, 둘째는 주식에 투자하는 것, 셋째는 부동산에 투자하는 것이었습니다.

당시 주춤하던 사람들은 아직도 가난하지만 이때의 기회를 잡은 사람들은 현재 세계적인 갑부들이 많습니다. 남들이 가지 않는 길에 과감히 뛰어들 때, 세상에 벌 수 없는 돈은 없습니다.

여섯, 온주상인의 3불 원칙

첫째, 모르는 것은 하지 마라.

둘째, 돈이 안 되는 것은 하지 마라.

셋째, 잘 할 수 없는 것은 하지 마라.

여러분은 이 수칙을 얼마나 잘 지키고 계신가요?

일곱, 온주 상인의 훌륭한 자질

온주상인들은 인격지수, 지능지수, 감성지수, 역경극복지수, 담력지수, 금전지수, 마인드지수, 의지지수, 영감지수, 건강지수가 남달랐다고 합니다. 과연 타고난 것이었을까요? 절대 아닙니다. 그것은 하루하루의 경험과 세월, 그리고 혹독한 수련 속에서 만들어진 것이었습니다.

여덟, 근검절약하는 부자가 진짜 부자입니다

존 록펠러는 미국 최고의 부자로 세계적으로 유명한 사람이지요? 그가 뉴욕의 호텔에 투숙하게 되었을 때의 일입니다. 그는 지배인에게 이렇게 말합니다.

"이곳에서 가장 싼 방을 주시오."

"선생님, 왜 싼 방에 주무시려고 하십니까? 아드님은 항상 제일 비싼 방을 원하셨는걸요."

그러자 록펠러는 이렇게 대답했어요.

"내 아들에게는 백만장자의 아버지가 있지만 나는 그런 아버지가 없소."

직접 창업을 해서 돈을 벌어 본 사람은 그 가치를 소중히 할 수밖에 없습니다. 온주상인들이 바로 그런 사람들이었습니다.

사람은 누구나 작은 부자입니다. 그러나 그 부를 유지하는 것은 사실 쉬운 일이 아닙니다. 까먹지 않으면 오히려 다행이지요. 작은 돈도 소중히 여기고 땀방울로 부를 이룬 온주상인들에게 배울 것이 많습니다. 온주상인들은 이렇게 말합니다.

"세상에 아름다움이 사라진 것이 아니라 아름다움을 발견하는 눈이 사라진 것이다. 시장에 기회가 부족한 것이 아니라 기회를 발견하는 눈이 부족한 것이다."

여러분은 어떤 눈으로 세상과 시장을 바라보고 계신지요?

7 링컨에게서 배우는 리더의 조건

선한 사람이 되어라.
그러면 세상도 선한 세상이 될 것이다.
- 힌두교 속담

『권력의 조건』 **도리스 컨스 굿윈** 지은이 | **이수연** 옮긴이 | **21세기북스**

"내가 바라는 것이 있다면, 내가 있어서 이 세상이 더 좋아지는 것을 보는 일이다."

이 말은 사명을 가진 특별한 사람들에게만 해당되는 말일까요? 내 존재가 세상에 이롭기를 바라는 것은 어느 사람이나 가지는 중요한 가치라고 생각됩니다.

그리고 이미 세상을 떠났지만, 그럼에도 미국에서 가장 존경받는 대통령 링컨은 자신의 존재로 세상이 얼마나 좋아질 수 있는가를 조용히 행동하며 보여줍니다.

『권력의 조건』은 무려 800페이지를 넘는 두꺼운 책이라 연휴를 이용해서 집중해서 읽어야 하는데요. 공부 앞에서는 게으름도 무섭지 않습니다. 오바마 대통령은 링컨의 리더십을 철저히 공부했다고 하죠? 저는 『권력의 조건』을 통해 경쟁자를 친구로 만드는 지혜를 배웠습니다.

링컨의 일대기가 파노라마처럼 펼쳐지는 이 책, 그의 위대함을 말로는 다 표현할 수 없는 것이 안타깝습니다.

하나, 흑인들에게 자유를 찾아준 노예 해방

링컨은 뉴올리언스 노예 시장을 보고 큰 충격을 받았습니다. 그는 노예제도가 잘못된 것이 아니라면 세상에 잘못된 것은 아무것도 없다고 생각했습니다. 우리나라에 사람이 꽃보다 아름답다는 구절이 나오는 시가 있는데, 혹시 미국에도 그런 시가 있었는지 모르겠습니다.

둘, 빗물에 젖은 책

그에게는 폭풍을 뚫고 빌려온 책들이 가장 훌륭한 조수

이자 비서였습니다. 나아가 그 책이 학원이고, 대학이었습니다. 책을 읽고 있는 그의 눈은 언제나 빛났습니다. 그는 방대한 독서를 통해 재미난 이야기꾼이 되었고, 그가 머무는 곳에는 언제나 사람들이 붐볐습니다.

셋, 시인 대통령

그는 성경과 셰익스피어, 시의 아름다운 운율을 사랑했고, 종종 긴 시를 암송하기도 했습니다. 시 읽는 리더는 마음이 아름답게 마련입니다.

넷, 길, 없다면 만들어라

그는 대통령에 당선되는 길은 따로 없다고 믿었습니다. 자신이 그것을 만들겠다고 다짐했고, 실제로 그 길을 만들었습니다.

다섯, 최고의 라이벌로 최선의 팀 꾸리기

그는 한때 라이벌이었던 사람들로 내각 구성을 한 것으로 유명합니다. 적을 끌어안아 동지로 마음을 얻었습니다. 링컨을 응대했던 사람 치고, 그의 성품에 감동하지 않고 응접실을 떠나는 사람이 없었습니다.

여섯, 어머니의 죽음, 누나의 죽음, 아들의 죽음, 그럼에도 행복하라

그는 9살 때 어머니를 여의고 누나는 아이를 낳다가 운명을 달리했습니다.

또한 장기간 병을 앓다가 점점 약해져 유령처럼 변해가는 아들의 죽음을 받아들여야 했습니다. 그는 우울증 환자라 할 만큼 슬픔에 잠겼지만, 나라 사랑을 멈추지 않았습니다. 그 안에서 또다른 행복을 찾았습니다.

일곱, 백악관 2층 가족 도서관

링컨은 책읽기를 게을리 하지 않았습니다. 해마다 자신의 키만큼의 책을 읽었고, 어머니가 건네준 낡은 성경책 한 권을 통해 자신의 운명을 바꾸었습니다.

여덟. 국민의, 국민에 의한, 국민을 위한

그가 한 게티즈버그 연설은 세계적인 구호가 되었습니다.

가정의, 가정에 의한, 가정을 위한, 가정은 절대 무너지지 않을 것이며, 기업의, 기업에 의한 기업을 위한 기업은 절대 망하지 않을 것이며, 국민의, 국민에 의한, 국민을 위한 정부는 지상에서 절대 망하지 않습니다. 그야말로 명연

설이었습니다.

아홉, 재당선의 기쁨을 솔직하게 표현하다

무엇보다 마음에 남는 것은 그의 솔직함입니다.

미국에서 가장 훌륭한 사람으로 인식되는 링컨은 대통령에 재당선되고 난 뒤, 겸손한 척하는 대신 기분 좋게 그것을 인정했습니다. 그리고 북군의 승리로 남북전쟁을 마무리했습니다.

열. 링컨, 역사가 되다

사람의 운명은 정말 하늘에 달려 있는 걸까요? 그는 그날, 연극을 보기 위해 대통령 특별석에 앉아 있었습니다. 그간 그는 남부 사람들로부터 많은 협박 편지를 받았습니다. 그리고 남부의 존 월크스부스가 철저한 암살 계획을 준비했지요.

연극이 시작되기 전, 대통령이 특별석에 앉기가 무섭게 그는 대통령의 머리를 겨냥하고 방아쇠를 당겼습니다. 링컨은 쓰러졌고, 죽음을 통해 더 그립고 애틋한 역사 속의 인물이 되었습니다.

이야기가 길었습니다. 권력의 조건은 결국 라이벌까지

도 마음을 끌어안은 링컨의 화해와 포용의 리더십을 보여
줍니다. 정치를 하는 분, 기업을 하는 분, 가족을 이끄는
분, 모두에게 유익한 내용입니다.

참, 나중에 휴가 가실 때 배낭에 이 책 한 권 넣어 가시
면 어떨까요? 무거운 무게만큼 많은 것을 얻게 될 겁니다.
사람 마음을 얻는 진정한 리더가 되시기를 바랍니다.

라이벌까지도 마음을 끌어안은 링컨의 화해와 포용의 리더십을 보여줍니다

8 천형 같은 삶에도 기적은 있다

숭고한 인간성에 다가서려면,
고통을 피하지 말고
그 고통을 흠뻑 받아들여야 한다.
- 아그네스 고바르츠

『살아온 기적, 살아갈 기적』 **장영희** 지은이 | **정일** 그림 | **샘터사**

때로 우리 삶은 희망, 그리고 기적입니다. 『살아온 기적,
살아갈 기적』도 바로 고통의 틈새로 끼어드는 기적 같은 희
망에 대한 이야기입니다.

하나, 쥐도 빛이 없으면 죽습니다.

언젠가 빛과 쥐에 대한 실험을 한 적이 있습니다. 흔히
쥐라고 생각하면 컴컴한 어둠 속에서만 산다고 생각하지

요. 그런데 이 실험에서는 똑같은 항아리에 쥐를 넣고, 한 곳은 구멍 없이 깜깜하게 뚜껑을 덮어두고, 한곳은 항아리에 구멍을 뚫어 빛이 들어오게 했습니다.

어떤 결과가 나왔을까요? 빛이 들어오지 않는 항아리의 쥐는 바로 죽었지만, 빛이 들어오는 항아리의 쥐는 2개월을 더 살았다고 합니다.

둘, 장애도 희망을 꺾지는 못합니다

이 책을 쓰신 고 장영희 교수는 생후 1년 만에 두 다리를 쓰지 못하는 소아마비 1급 장애인이었습니다. 평생을 목발을 애인처럼 곁에 두고 살았지요. 그러나 그녀는 그 장애를 딛고 영미문학자이자 수필가가 되었습니다.

> "아무리 운명이 뒤통수를 쳐서 살을 다 깎아먹고
> 뼈만 남는다 해도 울지 마라. 기본만 있으면 다시
> 일어날 수 있다. 살이 아프다고 징징거리는 시간에
> 차라리 뼈나 제대로 추려라. 그게 살 길이다." -p.123

얼마나 처절했는지 알 수 있는 문장입니다. 얼마나 절박한 삶이었기에 이처럼 심금 울리는 말이 나올까요.

셋, 사랑이 우리 삶의 빛입니다

"소중한 사람을 만나는 것은 1분이 걸리고, 그와 사귀는 것은 한 시간이 걸리고, 그를 사랑하게 되는 것은 하루가 걸리지만, 그를 잊어버리는 것은 일생이 걸린다는 말이 있다." -p120

가슴에 담은 사람을 애써 잊을 필요는 없습니다. 소중한 것은 그냥 담고 살면 되는 것입니다. 그래야 내게 남은 사랑의 몫을 누군가에게 나눠줄 수 있습니다.

넷, 보이지 않는 가치가 중요합니다

"내가 살아 보니까 내가 주는 친절과 사랑은 밑지는 적이 없다. 내가 남의 말만 듣고 월급 모아 주식이나 부동산 투자한 것은 몽땅 다 망했지만, 무심히 또는 의도적으로 한 작은 선행은 절대로 없어지지 않고 누군가의 마음에 고마움으로 남아 있다." -P120

저 역시 한 때 주식으로 거액을 날린 경험이 있습니다.

참 고마운 경험이지요.

눈에 보이는 것은 언제든지 잃을 수 있습니다. 보이지 않는 가치가 진짜 보석이라는 것을 알았습니다. 언제까지나 반짝 반짝 빛나는 보석, 헌신을 담아 보내는 마음의 선행, 그 빛이 가장 아름답습니다.

랜디 포시의 『마지막 강의』가 가슴에 품고 싶은 책이라면 장영희 님의 『살아온 기적 살아갈 기적』은 가슴에 희망을 품게 하는 책입니다.

이 시간, 여러분은 어떤 마음을 가지고 계십니까? 혹시 마음의 암세포가 자라고 있지는 않으신지요?

9 행복한 인생의 후반전을 원한다면

청년은 행복하다.
그는 아름다움을 볼 줄 알기 때문이다.
그러므로 아름다움을 볼 줄 아는 사람은
절대 늙지 않는다. - 카프카

『젊음의 유전자, 네오테니』 론다 비먼 지은이 ┃ 김정혜 옮긴이 ┃ 도솔

크리스마스가 막 지난 무렵입니다. 올해 크리스마스, 어떻게 보내셨는지요?

저는 모처럼 가족과 행복한 나들이를 했습니다. 거리마다 온통 축제 분위기더군요. "삶은 축제다. 즐겨라!"는 말이 실감나는 하루였습니다.

젊음이 넘치는 도시, 젊음이 춤추는 거리는 역시 아름답습니다. 역동적입니다. 『젊음의 유전자, 네오테니』를 읽으

면서 젊음은 역시 멋지다는 것을 다시 한 번 공감했네요.

하나, 젊음이란 무엇일까요?

20대 늙은이가 있는 반면 80대 젊은이가 있지요. 젊음을 선택하는 방법은 참으로 간단했습니다. 행동하라, 성장하라, 진화하라. 노화를 막기 위해 화장품을 바르고 몸 관리를 하기 전에 자신의 성장을 극대화하는 것, 그것이 바로 젊음입니다.

둘, 젊음의 노트가 있으신지요?

20년 전의 좋아했던 음악이나 노래는? 20년 전에 좋아했던 책은? 지금도 먹을 수 있고 20년 전에도 좋아했던 음식은? 다시 연락할 수 있는 20년 전의 친구는?

이 모두를 얼마나 잘 기억하고 실행하고 계신지요?

셋, 꿈이 있는 당신, 영원한 젊은이입니다.

여기에서 톨스토이의 말을 들어볼까요.

"나이 들었다고 불평하지 마라. 나이는 정말 좋은 선물이다. 너무나 뜻밖이었고 아름다운 것이었다. 그래서 나의 삶의 끝도 그렇게 아름다울 것이라고 믿게 되었다."

나이가 드는 것을 불평할 시간에 삶을 다시 살 수 있다면 하고 싶은 것들을 몸소 하는 것, 그것이 젊음의 비결입니다.

넷, 춤을 추면 삶이 달라집니다.

춤은 그 어떤 운동보다도 좋은 운동입니다. 춤을 추면 에너지의 흐름이 원활해지고, 그 에너지를 말로 표현할 수 있게 되거든요. 비좁고 갑갑한 삶의 감옥에서 탈출해 마음을 움직일 그 무엇과 함께 춤을 출 시간입니다.

다섯, 평생직업, 평생학습, 평생감동으로 젊음을 즐깁니다.

배움을 멈춘 사람은 스무 살이든 여든 살이든 늙은입니다. 진화하는 삶은 언제나 젊음의 축제입니다. 인생에서 가장 중요한 것은 배움으로 젊음을 유지하는 것입니다.

유연함, 호기심, 기쁨, 유머, 음악, 일, 놀이, 학습 등의 우리를 젊게 하는 유전자는 얼마든지 있습니다. 그리고 진정한 인생의 명작은 후반기에 나온다고 하죠?

가까운 친구들과 가족들과 최고의 명작을 디자인해보시는 건 어떨지요?

설렘과 떨림으로 젊음의 유전자 네오테니를 마음껏 나누는 최고의 한해가 되시길 바랍니다.

10 좋은 기분은 삶의 배경음악입니다

모든 사람이 기막힌 재주를
가지고 있을 필요는 없다.
상식과 사랑하는 마음,
그것이면 충분하다. - 머틀 오빌

『좋은 기분 도둑맞지 않는 법』
디르크 C. 그라첼, 헬무트 푹스 지은이 | 이수연 옮긴이 | 웅진윙스

뉴질랜드로 워크샵을 다녀왔습니다. 말 그대로 청정한 공기와 물, 자연을 수출하는 나라였습니다. 그 티 없이 파란 하늘을 훔쳐오고 싶을 정도였어요. 그 여행길에 좋은 기분을 내내 유지시킬 수 있도록 도와준 고마운 책 한 권 소개해드릴게요. 바로 헬무트 푹스의 『좋은 기분을 도둑맞지 않는 법』입니다.

저자는 말합니다. 기분은 삶의 배경음악이며, 나쁜 기분은 '독'과 같다고요.

2020년이 되면 우울증이 국민질환이 될 것이라는 말들이 있는데요. 여러분의 삶에는 어떤 배경음악이 흐르고 있는지요?

하나, 좋은 기분을 유지하기 위한 4가지 조건

1) 수면 - 성공한 사람은 짧고 깊은 잠을 잔다고 하지요? 특히 잠자기 전에 무서운 영화나 은행 잔고는 생각지 말라고 하네요. 그보다는 아름다운 추억거리를 생각하고 기대되는 현실을 상상하면 훨씬 깊고 질 좋은 잠을 선사한다고 합니다.

여기서 또 하나! 그래도 잠이 오지 않으면 고민을 적어서 고민 바구니에 넣어 침대에서 멀리 떨어진 곳에 두라고 합니다. 괜찮은 방법이지요?

2) 수분 - 음료나 주스는 오히려 우리 몸의 수분을 빼앗아 간대요. 물을 많이 마시는 것이 수분 섭취에는 제일입니다.

3) 음식 - 채식이나 과일 등을 많이 먹고 가공식품은 금물

입니다.

4) 운동 - 유산소 운동은 스트레스에 최고지요?

둘, 언제나 금요일처럼 사는 법

직장인들에게 금요일은 신이 내린 선물 같은 날입니다. 아침부터 기분이 좋고 주말을 기대하게 되지요. 그런 금요일 기분을 계속 유지할 방법은 없을까요?

1) 무엇을 하든지 메모하라.

2) 거리를 두어라.

3) 나를 낮추자.

4) 다른 사람을 성공시키자.

5) 존중하는 자세

6) 함께 어울리자.

그리고 여기서 저는 '책을 읽자'를 추가했습니다. 책을 잘 읽고 나면 정말로 기분이 맑아지고 힘이 생기니까요.

유쾌한 사람이 승리합니다. 감정도 때로는 만들어지는 것입니다. 노력에 따라 우울과 결별하고 나쁜 기분을 감기를 몰아내듯

몰아내는 게 가능하다는 뜻인데요. 우울한 사람은 장미꽃
도 잡초로 보이고, 유쾌한 사람은 잡초도 장미꽃으로 보인
다고 하지요?

좋은 기분을 도둑맞지 않으려면, 무엇보다 내 마음의 주
인공이 '나'라는 걸 기억하시면 됩니다.
마음에 장미향을 담고, 내 감정은 내가 지배한다는 믿음
을 가지면 언제나 금요일처럼 살 수 있습니다.

세대마다는 취향은 달달하고~ 좋아 취향 같고 꼭 좋은 걸을 잘 당한다고 합니다

11 마법 같은 끌어당김의 법칙

찾아나서고 있다. 노력하고 있다.
혼신을 다해 일하고 있다.

- 빈센트 반 고흐

『시크릿』 론다 번 지은이 | 김우열 옮긴이 | 살림Biz

여름 휴가는 잘 보내셨는지요? 전국이 찜통입니다. 열정
의 폭포수라도 맞지 않으면 숨을 쉴 수 없는 무더운 여름날
에 독서향기를 보냅니다.

저는 더위를 피해 시원한 이곳저곳을 여행하고 돌아왔
어요. 오랜만에 길거리 공부에 흠뻑 취해보는 시간을 가졌
습니다.

여행길에 몇 권의 책을 읽으면서 책이 참 좋구나, 책만큼

위대한 힘이 또 어디 있을까, 이렇게 좋은 책을 써주는 분들이 참으로 고맙고 감사하다는 생각을 했습니다.

이번엔 참 묘한 책 한권을 만났습니다. 수많은 자기계발, 리더십, 경영서적을 읽었지만 이 책은 참 특별했습니다. 마지막 책을 덮고 한참이나 멍하게 앉아 있어야 했습니다. 무언지 모를 무지갯빛이 나를 오라고 손짓하며 보내는 환한 미소가 느껴졌습니다. 저도 모르게 그 조용한 미소에 취해 버렸습니다.

그날 이후 저는 나도 모르게 마법의 주문을 외우는 습관이 생겼습니다. 그것이 어느새 저의 일상이 되어 버렸습니다. 그리고 제일 먼저 가족들에게 전달 독서를 했습니다.

역시 성공하는 특별한 사람들은 모두 놀라운 '비밀' 이 있었습니다. 그 비밀이란 무엇일까요? 바로 '끌어당김의 법칙' 이었습니다.
내가 풍요를 끌어당기면 위대한 우주는 내게 풍요를 돌려주고, 내가 불행을 끌어당기면 위대한 우주가 내게 불행을 준다는 것이었습니다.

너무나 간단한 비밀이었습니다.

1) 구하라

2) 믿어라

3) 받아라

이 짧은 세 문장이 비밀의 해답입니다.

우주에서 가장 강력한 송신탑은 역시 '사랑'이라 했습니다. 이제, 세상에서 '가장 멋진 당신'을 사랑하십시오. 그리고 그 주파수의 파장을 우주 송신탑에 보내는 것입니다.

무엇이 되고 싶고, 무엇을 하고 싶고, 무엇이 갖고 싶은지 결정하십시오. 그러면 바람이 현실이 됩니다.

세상에는 두 부류의 사람이 있습니다. 시크릿을 아는 사람과 실천하는 사람, 당신은 어떤 사람이 되시겠습니까?

당신의 선택에 의해 진실로 웅대한 삶이 당신을 기다리고 있을 것입니다. 뜨거운 여름, 론다 번의 『시크릿Secret』이 시원한 열정의 폭포수가 되길 소망합니다.

12 스토리를 읊으면 성공이 따라온다

인생이 살 만한 것은
무언가에 대한 신념과 열정이
있기 때문이다. - 올리버 홈즈

『5가지만 알면 나도 스토리텔링전문가』
리처드 맥스웰, 로버트 딕먼 지은이 | **전행선** 옮긴이 | **지식노마드**

   미래의 키워드를 말해 보라고 한다면 저는 글로벌, 브랜드, 스토리, 디자인, 마케팅이라고 말하고 싶습니다. 이 다섯 가지만 가지고 하루 종일 이야기하라고 해도 정말 신나게 한판 풀어낼 수 있을 정도입니다. 그렇다면 오늘은 그중에서 스토리에 대해 이야기해 볼까요?

   성공하는 기업은 상품을 파는 것이 아닙니다. 결과적으로 그들은 이야기를 팔지요. 이 말은 스토리텔링을 잘하는 기업이 크게 성장한다는 뜻입니다.

그렇다면 어떻게 하면 훌륭한 스토리텔링이 가능할까요? 저는 이 책에서 제안한 5가지에 박수를 보냈습니다.

하나, 이야기를 끌어내는 힘, 열정

내 가슴에 열정이 없으면 어떤 이야기도 다른 사람에게 전할 수 없습니다. 또한 이야기가 짧을수록 열정도 더 강해야 합니다.

둘, 사람을 이야기 속으로 빨아들이는 영웅

영웅은 이야기에 현실을 부여합니다. 나이키는 마이클 조던의 '한번 해보는 거야'라는 표어로 일약 눈부신 성장을 했습니다.

셋, 이야기에 생동감을 불어넣는 악당

악당이 영웅에게 던져주는 갈등이야말로 이야기의 심장입니다. 방해꾼을 어떻게 극복하는가? 누가 진짜 영웅인가? 영웅은 무엇을 원하는가? 방해자는 누구인가?

이런 요소들 말이지요. 적은 때때로 가장 훌륭한 스승입니다.

넷, 마술 같은 힘을 주는 깨달음의 순간

깨달음은 이야기의 저변을 책임지는 공기에 해당합니다. 아하, 무릎을 치는 순간에는 마술적인 힘이 있습니다. 영감은 선물입니다.

다섯, 이야기의 완성, 변화

이야기 속에서 어떤 변화가 일어났는가? 세상의 변화는 무엇이고, 나의 변화는 무엇인가? 판매 성공 비결은 훌륭한 이야기 속에 있습니다. 이야기가 물건을 팝니다. 좋은 이야기는 산불처럼 무섭게 번져갑니다.

여러분은, 그리고 여러분의 기업은 어떤 스토리로 많은 이들의 가슴에 종을 울리고 있는지요?

5장

성공하는 부자를
위한 책 읽기

1 부자 아빠의 자녀교육 들여다보기

일은 사람을 세 가지 악에서 구해준다.
지루함, 선하지 못함, 그리고 빈곤. - 볼테르

「부자들의 자녀교육」 방현철 | 이콘

　어제 새벽, 산에 다녀왔습니다. 바람에 낙엽이 우수수 떨어지는데 정말 혼자 보기 아까운 진풍경이었습니다. 어디를 가나 화려한 나뭇잎이 날리고 뒹굴고 발 아래는 바스락바스락 가을소리를 냅니다. 오랜만에 가을 향기에 푹 취해버렸습니다.

　휴일 저녁이라 아이들에게 전달 독서를 하기 위해 책 한 권을 펼쳤습니다.

바로 『부자들의 자녀교육』이라는 책입니다.

저자 방현철 님의 유려하고 재밌는 글 솜씨가 책장을 쉬이 넘기게 해주었어요. 풍부한 입담으로 펼쳐지는 부자 아빠의 자녀교육 이야기, 한번 같이 살펴보도록 하지요.

하나, 세계적인 부자들은 자녀 교육에 4가지 핵심 기둥을 세운답니다

1) 다양한 독서로 미래의 길을 찾습니다.

2) 절약을 생활화합니다.

3) 노동의 가치를 귀하게 여깁니다.

4) 사회적 의무를 다할 것을 강조합니다.

둘, 빌 게이츠의 자녀 교육 핵심은 바로 정보입니다

빌 게이츠는 부자가 되는 방법으로 부모님의 역할 모델, 나아가 정보 수집을 들었습니다.

방대한 독서야말로 훌륭한 부모님만큼이나 중요한 부자의 길, 성공의 길, 훌륭한 역할 모델이라는 뜻입니다. 나는 우리 아이들에게 얼마나 훌륭한 역할 모델인가, 아이들에게 얼마나 좋은 책을 소개해 주었나 다시 한 번 돌아보게 해준 구절입니다.

셋, 워렌 버핏의 자녀 교육 핵심은 바로 독립심입니다

워렌 버핏은 부모의 돈은 절대 자녀의 돈이 아니라는 것을 강조했습니다.

실제로 그는 자기 전체 재산의 80퍼센트를 빌 게이츠 재단에 기부함으로써 자녀들에게도 기부문화를 실천할 것을 몸소 가르쳤습니다.

넷, 홍콩 리카싱의 자녀 교육 핵심은 바로 독서입니다

리카싱은 스스로를 살아 있는 도서관으로 만들어서 자녀들에게 책 읽기로 다가갔습니다.

아이들이 책을 통해 세상의 흐름을 읽을 수 있게 하는 동시에, 때로는 언덕에서 사자새끼를 떨어뜨리는 것처럼 혹독한 훈련을 시켰습니다.

다섯, 이건희의 자녀 교육 핵심은 바로 퓨전입니다

이건희 씨는 자녀 교육에서 어느 한 나라의 방식만 고집하지 않고 세계를 두루 보도록 했습니다.

학사는 한국, 석사는 일본에서 받으면서 그 나라의 문화와 인내심을 배우게 했고, 박사는 미국에서 경영학을 배우도록 함으로써 실제적인 비즈니스를 체험하게 했습니다.

그러나 이 모든 부자 아빠들의 자녀 교육에 공통적으로 빠지지 않는 것이 하나 있습니다. 바로 독서입니다.

성공한 이들은 한결같이 말합니다. 오늘의 나를 만든 건 우리 마을 작은 도서관이었다고 말이지요. 또한 그들은 성공한 이후에도 개인 도서관을 둘 만큼 방대한 독서를 계속하고 있습니다.

여러분도 작건 크건 여러분만의 개인 서재에서 부자의 길, 성공의 길, 진정한 자유의 길을 찾아보시면 어떨지요?

리카싱은 스스로를 살아 있는 도서관으로 만들어서 자녀들에게 꼭 읽기로 다가갔습니다.

2 주식투자로 세상을 지배한 워렌 버핏의 힘

물에 빠졌을 때 흐름을 거스르면 안 된다.
될 수 있는 한 그냥 떠내려가면
아무리 약한 사람도 물가나 언덕에 닿게 된다.
-세르반테스

『워렌 버핏 투자 노트』
데이비드 클라크 | 메리 버핏 지은이 | 이은주 | 이재석 옮긴이 | 국일미디어

　모두들 잘 지내시는지요? 풍요로운 가을 무렵 독서향기를 씁니다. 이번 가을, 오랜만에 본 재테크 관련 책이 있는데요, 생각 이상으로 재미있게 읽었습니다.

　세계에서 가장 투자를 잘 하는 워렌 버핏의 투자 이야기를 다룬 이 『워렌 버핏 투자 노트』는 그의 며느리 메리 버핏이 시아버지의 투자를 비밀을 정리한 책이라고 하네요.

　그렇다면 그 며느리는 시아버지가 어떻게 그렇게 부자

가 되었는지를 어떻게 정리했을까요? 지금부터 함께 보실까요?

하나, 확고한 투자 원칙

* 제 1원칙 : 절대로 돈을 잃지 마라.
* 제 2원칙 : 제 1원칙을 절대 잊지 마라.

둘, 빠른 투자 시기

워렌 버핏은 11살 때부터 주식을 시작했다고 합니다. 이처럼 투자는 하루라도 빨리 시작해야 마법의 복리를 누릴 수 있습니다.

셋, 결혼을 결정하듯 투자를 결정

워렌 버핏은 투자 결정은 결혼 결정처럼 신중해야 한다고 말했습니다. 즉 평생 같이 갈 수 있는 가치가 있어야 한다는 뜻입니다.

넷, 한 순간의 위험을 경계

명성을 쌓는 데는 20년이 걸리지만 잃는 데는 5분이면 충분합니다. 마찬가지로 아무리 이전 투자로 높은 수익을 올렸다 해도 자칫 잘못하면 지금껏 쌓아올린 결과가 모래성처럼 무너질 수 있습니다.

다섯, 되는 직원 고르기

워렌 버핏은 누군가에게 자기 사업의 일부를 맡기는 것은 그에게 통장을 맡기는 것과 같다고 말했습니다. 그래서 그는 직원을 고용할 때 정직, 지능, 열정 이 세 가지를 항상 잘 살폈다고 하는군요.

여섯, 사랑하는 일을 하기

버핏은 주식투자를 단순히 돈을 위해 하지 않았습니다. 투자는 그에게 열정의 대상이자 일생에 걸쳐 꼭 하고 싶은 일이었습니다.

그는 하고 싶은 일들 할 수 있는 때가 오면 자신이 정말 사랑하는 일을 하라고 조언합니다. 그러면 아침이 오면 얼른 그 일을 하고 싶어 저절로 눈이 떠질 것이라고요.

빌 게이츠도 주식 하나로 세계 최고 부자가 되었고, 워렌 버핏도 5~6개 종목만으로 최고 부자가 되었습니다. 하지만 그것은 기다림과 인내의 대가였습니다.

탁월한 기업의 주식을 선택하는 데 아주 오랜 세월을 투자하면서 기다렸지요.

이 책은 부자가 되는 길은 단순의 법칙이 절대적이라는 것을 가르쳐 주었습니다. 또한 진정한 성공이란 사랑받고 싶은 사람에게서 사랑받는 것이라고 말한 구절이 참 인상적이었습니다.

여러분도 나누는 삶, 사랑받는 삶을 엮어 가시길 소망합니다.

진정한 성공이란 사랑받고 싶은 사람에게서 사랑받는 것이라고

3 하늘을 향해 쏘아 올리는 성공의 법칙

질병과 슬픔으로 얼룩진 이 세상에서
우리를 강하게 만드는 것은
웃음과 유머밖에 없다. - 찰스 디킨스

『스타비즈니스 법칙』 리처드 코치 지은이 | 고성연 옮긴이 | 김영사

"이거야! 내가 찾는 게 여기 있구나!"

이 책은 무릎을 치며 저자의 메아리에 맞장구를 치게 하는 책입니다. 스타 비즈니스 법칙이란 무엇일까요?

바로 하늘이라는 시장에 별을 쏘는 일입니다. 일곱 계단을 오르면 천국이 보인대요, 참 멋지지요?

그렇다면 그 일곱 계단은 무엇인지 함께 볼까요?

1단계- 시장을 분류하라.

2단계- 성장곡선이 가파른 틈새를 찾아라.

3단계- 목표 고객군을 정하라.

4단계- 장점을 정리하라.

5단계- 확실한 수익구조를 확인하라.

6단계- 틈새에 대한 정의를 내려라.

7단계- 잘 부합된 브랜드 명을 지어라.

실제로 저자는 이 스타비즈니스 법칙으로 초기 투자금액의 적게는 8배 많게는 53배의 수익을 올렸다고 합니다. 그 성공비결은 무엇이었을까요?

바로 세상에 없는 오직 하나, 별처럼 빛나는 무언가를 창조하는 것입니다.

하나, 반드시 성장 시장이어야 합니다.

둘, 해당 분야에서 1등이 되어야 합니다.

셋, 가슴에 남는 이름을 지어야 합니다.

짧고 (최소 두 음절, 한 음절이면 더 좋다) 듣기 좋으며, 힘이 있고, 기억하기 좋고, 발음하기 용이하고, 독창적이고, 틈새와 잘 어울려야 합니다.

넷, 스타비즈니 기업을 찾는 법은 따로 있습니다

언제나 눈과 귀를 열어 놓고, 매일같이 최우선 과제를 설정해야 합니다. 적극적으로 표시해 두어야 합니다. 인터넷 검색을 하고, 친구들에게 조언을 구하고, 스타 연합을 구축해야 합니다. 틈새시장의 1인자가 되는 것이지요.

즉 성공은 One of them이 아니라, Only one을 추구해야 합니다. 스타는 오직 하나지만, 사람을 가리지 않고 반짝반짝 빛나며 모두에게 빛을 나누어줍니다.

어두운 밤일수록 더 빛납니다.
여러분도 밤하늘, 단 하나의 별이 되십시오.

4 유태인 상인들이 말해주는 부의 비밀

최대의 승리는 자기 자신을 정복하는 것이다.
자기 자신에 정복당하는 것은 최대의 수치다.
- 플라톤

『부의 시크릿』 **마담 호** 지은이 | **임수택** 옮긴이 | 에이지21

첫 눈이 내리는 날입니다. 어느덧 바람이 칼날처럼 차갑네요. 군고구마와 홍시, 그리고 진한 카푸치노 한잔을 나누는 따뜻한 마음으로 추운 겨울 준비를 시작해야겠습니다.

언젠가 론다 번의 『시크릿』을 읽으면서 심장이 마구 뛰던 때가 있었는데, 마담 호의 『부의 시크릿』은 돈에 대한 우리의 생각을 풍요롭게 하는 이른바 돈 EQ 지수 높이기에 최고인 책입니다.

우리는 누구나 돈을 벌면서 살아가고 부자가 되고 싶어 하지요. 하지만 그 돈을 무엇으로 생각하는지는 아마 다 다를 겁니다.

그리고 그 돈에 대한 관점이 누군가를 진짜 부자로 만들기도 하고, 오히려 가난하게 만들기도 하지요. 여러분은 돈이라는 것을 뭐라고 생각하세요? 지금부터 유태인 상인들이 말하는 부의 기술을 들어보도록 할까요?

하나. 돈이란 무엇인가?

1) 돈은 쓰는 것, 사람은 사랑하는 것이다.

2) Give and Take란, 먼저 베푸는 것을 말한다.

3) 돈이 진정한 부는 아니다.

둘, 유태인 부호의 3가지 전별

1) 무슨 일이든 그 일을 하는데 10년이 걸린다고 생각하라.

2) '100퍼센트 내 책임'이라고 생각하라.

3) 사람은 실패를 경험하지 않으면 배우지 못한다.

셋, 부의 시크릿이 주는 메아리

1) '자신의 돈' 보다 '다른 사람의 돈' 이 더욱 중요하다.

2) '살아 있는 돈' 과 '죽은 돈' 을 아는 것이 현명한 돈 쓰는 법의
   첫걸음이다.

3) 성공의 열매를 수확하기 위해서는 '경작'의 시간이 필요하다.

4) 현명하게 돈 쓰는 법은 '투자' 와 '투기' 의 차이점을 아는 것이다.

5) 가난한 사람은 로또를 사고 부자는 주식을 산다.

넷, 세계 대부호들의 성공 비결

1) 좋은 사람들과 좋아하는 것을 하라.

2) 절대 포기하지 마라.

3) 자신의 성공을 위해 시간과 돈을 투자하라.

다섯, 돈으로 살 수 있는 것과 살 수 없는 것

1) 집은 살 수 있어도 가정은 살 수 없다.

2) 시계는 살 수 있어도 시간은 살 수 없다.

3) 침대는 살 수 있어도 쾌적한 수면은 살 수 없다.

4) 책은 살 수 있어도 지식은 살 수 없다.

5) 명의는 살 수 있어도 건강은 살 수 없다.

6) 지위는 살 수 있어도 존경은 살 수 없다.

7) 피는 살 수 있어도 생명은 살 수 없다.

8) 섹스는 살 수 있어도 사랑은 살 수 없다.

여섯, 오프라 윈프리가 아프리카에서 여학교를 설립한 이유는?

오프라 윈프리는 미국의 흑인 출생이었음에도 미국에 흑인 학교를 세우는 대신 아프리카에서 여학교를 설립했습니다. 그 이유는 간단했습니다. 미국 흑인아이들에게 뭐가 갖고 싶냐고 물었을 때 그 아이들은 아이팟, 나이키를 신발을 원했지만, 아프리카 아이들은 너무 가난해 문구점에조차 갈 수 없었기 때문입니다.

오프라 윈프리는 교육이야말로 빈곤을 벗어날 수 있는 유일한 도구라고 생각했고, 가난한 아프리카 아이들에게 배움의 기회를 주기 위해 그곳에 학교를 세웠습니다.

세계 어디서나 교육은 기적을 일으킵니다. 가난한 빈농의 아들이 화려한 성공의 꽃을 피울 수 있었던 것도 교육의 힘이었고, 일부 개발도상국들이 선진국이 될 수 있었던 것도 교육투자가 있었기 때문입니다.

일곱, 일본 고이즈미 수상이 소신 표명 연설에서 인용했던 쌀 100가마니 이야기

메이지 유신 시대 초기 가난한 지도자가 쌀 100가마를 놓고 이걸 어떻게 사용할지 고민했다고 합니다. 이걸 영토 내 굶주린 백성에게 줄 것인가, 아니면 그 쌀로 학교를 짓고 백성들을 가르치는 데 사용할 것인가 머리가 아팠던 거죠. 하지만 결국 그 지도자는 후자를 선택했고, 그로써 나라에 꼭 필요한 인재를 양성해서 부강한 나라를 만들 수 있었습니다.

호기심이 있으면 영원한 젊은이, 배움의 열정이 없으면 뒷방 늙은이라 했던가요? 평생학습, 평생젊음, 평생감동으로 부의 시크릿의 주인공이 되어보시지 않겠습니까?

5 백만장자들이 말하는 신비로운 돈과 투자의 세계

모든 일은 계획으로 시작되고
노력으로 성취되며
오만으로 망친다. - 관자

『기요사키와 트럼프의 부자』

도널드 트럼프,로버트 기요사키 지은이 | 김성미, 김재영 옮긴이 | 리더스북

화창한 봄날, 한 주의 시작인 월요일입니다. 주말의 여운을 걷고 또다시 새로 시작해야 할 시간입니다. 요즘 들어 나들이 차량이 부쩍 많아졌습니다. 무성한 벚꽃이 다 져버린 자리에, 이번에는 연두색 어린잎이 또 예쁘게 인사를 건넵니다.

머지않아 푸른 잎들이 무성한 신록을 이루겠지요? 힘들고 고된 날들, 책 말고 또 하나 좋은 벗이 있다면 바로 자연

풍경일 것입니다.

사실 저는 재테크 관련 서적을 잘 안 보는 편입니다. 그럼에도 로버트 기요사키의 책이라면 왠지 그냥 지나칠 수가 없더군요. 요즘 서점에 재테크 관련 책이 연일 베스트셀러의 자리를 지키고 있는 걸 보면 그만큼 사람들의 경제적 관심도가 높아졌다는 느낌이 듭니다. 그간 저는 재테크보다는 시테크에 중요도를 두었는데, 역시 현실 속에서 재테크도 소홀히 할 수 없음을 많이 느끼곤 한답니다.

이 책은 기요사키와 트럼프가 공동으로 부자 되는 길을 안내한 안내서입니다. 두 사람의 거물급 부자가 공감하는 경제적 자유로 향하는 가장 기본적인 원칙은 무엇일까요?

"누군가에게 물고기 한 마리를 주면 그는 하루를 먹고 살 것이다. 하지만 누군가에게 고기 잡는 법을 가르쳐주면 그는 평생을 먹고 살 것이다."

다시 말해 두 사람은 일시적으로 잔고를 늘리는 대신, 돈과 투자의 세계에 대한 비전과 통찰을 가짐으로써 지속적으로 부(富)를 축적하고, 더 나아가 평생 동안 재정적 자유를 누리는 방법을 말해주고 싶어 합니다. 즉 이 책은 눈앞의 이익보다는 미래의 비전과 관련이 있습니다.

지금 전 세계적으로 양극화가 심해지고 있다고 하지요? 부자는 더욱 부유해지는 반면, 가난한 사람은 더욱 가난해지고 있지요. 이 갈수록 심화되는 양극화는 중산층의 몰락을 불러오게 되고, 결국 부자가 되지 못하면 대부분은 가난한 노후를 맞이할 수밖에 없게 되는 것입니다.

더 심각한 것은 많은 사람들이 기대하는 바와 달리, 이제는 국가도 가난을 구제할 힘이 더는 남아 있지 않다는 것입니다. 이것이 두 거물이 말하는 "우리 스스로 가난을 끝내고 부자가 되어야 하는 이유" 입니다.

로버트 기요사키와 도널드 트럼프는 이러한 재정적 위기에 희생되지 않으려면 스스로 부자가 되는 수밖에 없다고 강조합니다. 그렇다면 어떻게 이 두 사람이 말하는 부자가 될 수 있을까요? 로버트 기요사키와 도널드 트럼프가 제시하는 방법은 단 한 가지로 요약됩니다. 즉 "금융 IQ를 높이는 것" 이죠.

두 사람은 많은 사람들이 투자를 위험한 것으로 간주하는 이유는 금융 지식이 부족하기 때문이라고 지적하고 있습니다. 따라서 풍요로운 인생을 누리려면 학교에서 배우는 다른 어떤 지식보다 금융 지식을 쌓는 데 노력을 기울여야 한다고 말합니다.

특히 대부분의 학교에서 금융 교육을 소홀히 해온 것을 지적하면서, 오늘날 전 세계가 재정적 위기에 직면하게 된 커다란 이유 중 하나도 바로 이런 금융 지식에 대한 외면이었다고 주장합니다. 또한 이 재정적 위기에 대처하기 위한 진정한 해결책도 '돈'이 아니라 '교육'이라는 것에 전적으로 공감하고 있지요.

하나, 금융 IQ에 대해 좀 더 자세히 알아볼까요?

두 사람이 말하는 금융 IQ란 국내 및 국제 경제 해역의 해도를 만들고, 현재를 넘어 미래를 바라보고, 그에 의한 평가와 통찰에 근거해 결정을 내릴 수 있는 능력을 뜻합니다. 로버트 기요사키는 금융 IQ를 높이기 위해서는 기업법과 회계학을 먼저 공부하라고 말합니다.

그가 기업법을 추천하는 이유는 큰 부자가 될 수 있는 가장 좋은 방법은 대규모 기업가가 되는 것이기 때문이에요. 또 하는 일에 관계없이 회계학을 배워야 한다고 강조하면서 특히 손익계산서, 대차대조표, 현금흐름표의 세 가지 재무제표에 대해 확실하게 알아야 한다고 하네요.

둘, 백만장자와 억만장자가 말하는 부의 공식 5가지

이 책에 따르면 투자자에는 세 부류가 있습니다. 첫째는 투자를 하지 않는 비투자자이고, 둘째는 지지 않기 위해 투자하는 소극적 투자자이며, 셋째는 이기기 위해 투자하는 적극적 투자자입니다.

로버트 기요사키와 도널드 트럼프는 당연히 이기기 위해 투자하는 적극적 투자자이고, 모든 사람이 적극적 투자자가 되어야 한다고 조언합니다. 그들은 이기는 투자를 하는 승자들이 한결같이 따르는 부의 공식 5가지를 다음과 같이 소개했습니다.

1) 레버리지 - 가장 대표적인 레버리지는 다른 사람의 돈, 즉 '빚'이다.

"부자는 우량 채무자가 됨으로써 돈을 벌고, 부자가 아닌 사람은 불량 채무자가 됨으로써 돈을 잃는다. 다른 사람의 재능, 시간도 레버리지다. 부자에게 리더십이 요구되는 것은 그런 이유이다. 그런데 두 사람이 강조하는 가장 중요한 레버리지는 바로 '자신의 금융 지식과 투자 마인드'이다.

잃지 않기 위해서가 아니라 이기기 위해 투자하겠다는 마인드, 열정적이고 적극적인 태도로 금융 지식을 쌓으려는 노력이야말로 가장 효과적인 레버리지라는 것이다."

2) 통제력 - 이들이 부동산 투자를 선호하는 이유는 바로 통제력 때문이다.

주식을 비롯한 종이자산 투자가 아무런 통제력을 발휘할 수 없는 반면에, 부동산 투자는 수익, 지출, 자산 가치, 세금 등 각 부분에서 자기 힘으로 스스로 통제력을 발휘할 수 있기 때문이지요.

또한 그들은 부자가 되려면 자기 사업을 하라고 권하는데, 그 이유 또한 봉급생활자에게는 자기 일자리에 대한 통제력이 없기 때문입니다.

3) 예측력 - 사람들이 투자를 위험하다고 생각하는 이유는 수익과 리스크를 포함해 투자의 결과를 예측할 수 없기 때문이다.

하지만 워렌 버핏을 비롯한 성공적인 투자자들이 돈을 버는 이유는 위험하지 않은 투자를 하기 때문이 아니라 위험을 예측할 수 있는 투자를 하기 때문입니다. 즉 금융 시장에 대한 예측력을 가지면 투자의 위험도 피해갈 수 있다는 뜻입니다.

4) 창의력 - 두 사람이 부동산 투자를 선호하는 또 다른 이유는 창의력 때문이다.

특히 도널드 트럼프는 부동산개발업자로서 낡고 허름한 건물이 있는 자리에 크고 높고 화려한 건물을 세우는 사람으로 유명합니다. 그들은 자신의 투자를 시장에 맡겨두지 말고 자신만의 투자 방식과 도구를 찾아내 창의력을 발휘하라고 조언하고 있지요.

5) 확장력 - 확장력은 '자기 사업' 을 하는 것과 관련이 있다.

"레이 크록이 맥도널드 형제로부터 맥도널드를 사들였을 때 그는 자신을 레버리지시킨 거란다.
그가 맥도널드를 프랜차이즈화한 것은 그 레버리지를 확장시킨 거지."

결국 작게 시작하더라도 자기 사업을 하고, 그것을 계속 확장시켜가는 것이 부자가 되는 지름길인 셈입니다.

어떠세요? 이 5가지 공식 중에 여러분은 어떤 부분에 강한지요? 즉 이 중 몇 가지를 갖추면 여러분의 금융 IQ도 한결 높아질 수 있습니다.

두 사람의 이야기에 귀를 기울이고 가만히 스스로를 살펴보면 분명히 내 숨겨진 재능, 금융 IQ를 높일 수 있는 강점을 발견하게 될 것입니다.

6 매일경제 싱크탱크로부터 배우는
부의 방정식

가슴은, 머리가 좀처럼 보지 못하는 것을
보는 눈을 가지고 있다. - 찰스 퍼커스트

『부의 창조』 매일경제 세계지식포럼 사무국 지음 | 매일경제신문사

봄이 오니 세상이 온통 꽃밭입니다. 오늘은 지식의 꽃밭
에서 놀아볼까요?

흔히 지식의 힘이 세상을 바꾼다고 하죠? 지식이란 곧
알고 행동하는 것을 말하는 것입니다. 부 역시 바로 그 지
식으로부터 시작됩니다.

『부의 창조』라는 이 책을 낸 매일경제 싱크탱크인 세계
지식포럼 사무국 사람들은 오랜 연구 끝에 미래의 부를 다

음과 같은 요소로 구분했어요.

1. 아시아
2. 금융
3. 웹 3.0
4. 사람
5. 환경

몇 번을 봐도 명쾌한 대답입니다. 책을 읽어내려 가는데 심장이 막 쿵쾅쿵쾅 뛰더군요.

하나, 아시아

즉 미래에는 대부분의 먹거리가 아시아에서 나오고, 이 아시아에 세계 인구 60퍼센트가 모여 살면서 세계의 중심이 된다는 것입니다. 즉 아시아를 무시하면 더는 돈을 벌 수 없는 세상이 다가온다는 뜻입니다.

둘, 금융

미래의 부 창출 동력은 바로 금융입니다. 실제로 지금도 세계의 부의 창조 동력이 가장 활발하게 일어나는 곳이 바로 금융 분야입니다. 이제는 돈이 사람을 대신해서 일하는 시대를 열어야 합니다. 저축의 시대는 가고 투자의 시대가 왔습니다.

셋, 웹

모바일과 웹의 결합은 삶의 패턴을 바꿉니다. 웹을 손목시계 보는 것처럼 자유롭게 연결할 수 있을 때 웹의 힘은 가장 강해집니다.

넷, 사람

부의 창출은 결국 사람이지요. A+인재, 핵심인재를 얼마나 확보하느냐입니다.

다섯, 환경

친환경 경영이 기업의 미래를 밝게 합니다. 지구 온난화에 미리 대처하는 기업은 환경오염의 주범이라는 비난에 당당하게 응대할 수 있습니다. 이런 리스크 관리가 곧 기업의 부를 만들어내지요.

마지막으로 이 책은 부의 창조 전략을 감성경영 + 미래 경영 + 상상력 경영+ 소통경영+ 분권화 경영에서 찾고 있 습니다. 즉 미래를 상상력으로 바라보고, 고객의 감성과 소통하라는 의미입니다.

이 중에서도 소통을 통해 고객의 감성을 사로잡는 제품 은 더 히트치고 더 롱런합니다.

이제는 물건 필요해서 사는 것이 아니라, 좋아서 사는 시대, 욕망의 시대니까요. 고객에게 감성을 보여주면, 고 객도 그 제품을 사랑하게 됩니다.

사랑받는 사람, 사랑 받는 기업이 되시길 빕니다.

7 지식과 지혜 없이 돈으로 쌓은 둑은 언젠가는 무너진다

돈은 바닷물과 같다.
그것은 마시면 마실수록
목이 말라진다. -쇼펜하우어

「미국은 왜 신용불량 국가가 되었을까?」
찰스 R. 모리스 지은이 | **송경모** 옮긴이 | **예지**Wisdom

미국이란 나라, 참 대단한 나라인 게 확실합니다. 말 그
대로 전 세계 인재는 다 모여 있지요. 또한 역사는 짧지만
세계 최고 경제 대국으로 힘 자랑을 있는 대로 하는 나라이
지 않습니까?

세계에서 가장 좋은 학교도 미국에 있고, 세계에서 가장
큰 부자도 미국에 있습니다. 그래서 세계를 보려면 미국에
가야 되고, 뉴욕에서 성공하면 전 세계에서 성공한다는 말

도 있지요. 그런데 그 미국이 무너지고 있습니다. 미국의 붕괴가 세상을 뒤흔들고 있다는 건 우리도 잘 알고 있을 겁니다. 미국에 몰아친 한파에 전 세계시장이 쓰나미를 맞은 듯 한방에 시퍼렇게 멍들거나 죽어가고 있으니까요.

펀드가 세상을 바꾼다고, 저축의 시대가 끝나고 투자의 시대가 왔다고, 너도 나도 펀드로 달려갔던 사람들이 가슴앓이로 멍들어가고 있습니다. 오죽 하면 "무주식이 상팔자"란 말까지 생겨났겠습니까?

이런 상황에서 왜 미국이 신용불량국가가 되었는지를 알아보는 것, 분명히 의미 있을 겁니다.

이 책의 저자는 "상품시장은 '살' 과 같고 자본시장은 '피' 와 같다."고 말합니다. 사람의 몸이 그렇듯이 이 두 가지가 적절한 비중과 구성을 유지해야만 건강한 경제를 이룰 수 있는데, 바로 그 균형이 깨지면서 미국 경제가 휘청했다는 겁니다.

하나, 피가 필요 이상으로 넘쳐났습니다

자본의 과잉 유동이 결국 갈 곳을 찾지 못하면서, 투자

은행과 헤지펀드를 통해 돈이 될 만한 곳은 어디든지 찾아다니기 시작했습니다. 이 자본이라는 괴물이 전 세계의 자원과 곡물과 사치품 시장, 심지어 미국 전체 금융시장 규모의 2퍼센트에도 미지치 못하는 부실 주택담보대출시장까지 손을 뻗치면서 경제의 동맥이 터져버린 것이지요.

둘째, 이 피 안에서 필요 이상의 영양소가 세포가 얽혀서 암처럼 자리잡았습니다

처음에는 좋은 의도로 만들어진 금융혁신상품이 어느 순간 변이를 일으키면서, 저자의 표현처럼 '독성 폐기물'로 탈바꿈해버린 것이 미국 경제가 무너진 또 하나의 이유입니다.

> "이 암세포는 신체가 유지할 균형을 망각한 채 무서운 속도로 자기 증식했다." p5

사업도, 사랑도, 인간관계도, 돌이켜보면 모든 사고는 균형이 깨질 때 발생합니다. 결국 미국 경제도 그 균형을 잃으면서 쓰러지게 된 것이지요.

"자신의 재력과 미모와 지성을 그토록 뽐내던 미인이 지금은 성형수술의 부작용으로 군데군데 흉하게 부어오른 환자처럼 앓고 있다." p4

최근 소식을 들어보면 세계적인 석학들은 한결같이 미국이 이대로 주저앉지 않을 것이라고 주장합니다. 그런데 과연 그럴까요?

지난 여름쯤 그 석학들은 이 사태가 조기수습될 것이라고 힘주어 말했지요. 미국은 지혜로우니 둑이 터져 사태가 커지기 전에 땜질하듯 그 구멍을 막아낼 것이다 말했지요. 하지만 이제 그 주장은 더 이상 신뢰를 주지 못하는 것으로 드러났습니다.

미국 경제는 회복될 기미가 없는 데다, 그로 인한 불똥이 전 세계에 튀었지요. 우리만 해도 그렇지 않습니까?

그것은 돈으로 막은 둑이 무너지고 있는 모습을 상상하게 합니다. 그걸 보면서 다들 많이 깨달았을 것입니다. 돈으로 둑을 만들 것이 아니라 보이지 않는 지식과 혜안으로 무장하는 것이 살 길이라는 것을 말이지요. 이제 돈이 아닌 지식의 힘으로 둑을 만들어야 합니다. 쓰나미도 비켜가는 무형의 자산, 그것만이 믿을 언덕이 아닐까요?

8 가난의 에너지가 만들어낸 노블리스 오블리제

고통은 인간의 위대한 스승이다.
그 스승의 말 한 마디, 손짓 하나가
그 인간의 넋을 슬기롭게 해준다. - 에센바흐

『꿈, 희망, 미래』 김윤종 | 21세기북스

　이 책은 전경련 IMI, GAMP 독서클럽 8월 선정도서였던 책입니다. 한영섭 전무님의 추천을 받아 지방출장 가는 비행기 안에서 한달음에 읽었습니다.

　이 책『꿈, 희망, 미래』의 저자 스티브 김은 아시아의 빌 게이츠라고 불리는 인재입니다. 맨손으로 아메리칸 드림을 일구었고 30년 만에 한국에 영구 귀국해 여러 사업과 사회

활동을 왕성하게 진행하고 있는데요.

그는 1976년, 겨우 2천 달러를 들고 미국생활을 시작한 사람입니다. 고학 끝에 대학원을 졸업하고, 회사생활 끝에 창업을 결심해서, 20여 년의 고생한 세월 끝에 20억 달러(약 2조 원)의 자산가가 되었지요.

그리고 지금은 꿈, 희망, 미래 재단의 장학사업을 하면서 모교 대학 최고위 과정에서 강의를 하고 있습니다. 참 멋진 삶입니다.

하나, 가난이 주는 도전의 에너지

그런데 그를 이런 커다란 성공의 길로 이끌고, 또다시 이렇게 아름다운 삶을 살게 했을까요? 바로 지독한 가난이었습니다.

살아남아야 한다는 절박함, 편안함에 안주하지 않는 도전정신, 이것이 스티브 김 성공 신화의 핵심 비결이었지요.

덕분에 그는 컴퓨터 네트워크 시스템 업체인 자일랜드의 나스닥 상장에 성공했고, 그 이후 눈부신 성공을 거두었습니다.

둘, 나눔이 주는 행복의 에너지

"남들이 행복해지는 걸 볼 때, 나도 행복해진다."

2조 원의 재산가가 선택한 성공의 종착역은 바로 연간 20억을 기부하는 자선사업이었습니다. 그는 더 큰 돈을 벌기 위해 사업에 투신하는 대신 고국으로 돌아와 나눔을 실천하는 '노블레스 오블리제'의 모델이 되었습니다.

셋, 그의 성공을 이끈 3가지 키워드

그는 가난해서 어떻게든 노력으로 살아남아야 했고, 살아남아서 가난한 사람을 도와주고 싶어 했습니다. 그러나 그 외에도 그를 성공으로 이끈 3가지 키워드가 있지요.

1) 미래 예측 능력
2) 유능한 인재 확보
3) 뚜렷한 목표 의식

하지만 이 모두를 넘어 가장 인상 깊었던 것은 역시 애써 얻은 부를 다른 이들과 나누려는 노블레스 오블리제입니다.

성공이란 돈이나 권력이 다는 아닙니다. 사람과 사람 사이의 신뢰와 사랑, 아무리 강조해도 지나침이 없습니다.

젊어서 버는 돈은 내 돈, 나이 들어 쓸 때는 남을 위해… 돈에 대한 철학 중에 최고입니다. 저도 그런 삶을 살고 싶습니다.

사랑에 빠졌습니다. 참 행복합니다. 그 님이 떠나갈 까 봐 불안하지도 않고 또 영원히 내 곁을 지켜줄 것 같아 편 안합니다. 비가 오면 우산이 되어주고 눈이 오면 눈사람을 만들어 같이 놀아주는 참 벗입니다. 내가 길을 잃고 헤맬때 오솔길을 안내하고 내 살갗을 어루만지듯 영혼을 보듬어 줍니다.

이 고맙고 사랑스러운 친구가 누구일까요? 바로 책입니다. 책갈피 갈피에서 전해오는 짜릿한 전율은 내 지친 세포에 영양제를 놓아줍니다. 마치 사랑하는 연인이 키스를 하듯 심장이 떨려오는 오르가즘을 안겨주지요.

영혼을 울리는 짜릿짜릿한 문장들을 만나면 사랑의 다이돌핀이 온몸을 타고 흐릅니다. 그럴수록 자꾸 책과 운명적인 사랑이 깊어져 갔습니다.

독서인생 20년을 살면서 늘 그 짜릿한 느낌표에 중독이
되었습니다. 가슴에 종을 울리는 한 문장 한 문장을 만날
때 마치 공기처럼 날아갈까 성급하게 컴퓨터 자판을 두드
리기 시작했습니다.

때때로 마지막 책장을 넘기기 무섭게 손가락은 자판을
두드리고 있었습니다. 독서향기를 연재한 지 6년의 세월
이 지났군요.

한 편의 독서향기를 쓰기위해 한 달에 60~70권이상의
책을 봅니다. 그중에서 가장 긴 울림을 준 책은 저의 서재
특별석에 앉힙니다. 그 특별석에 앉아 있는 책들이 바로
독서향기의 주인공이지요.

처음에는 아는 친구, 더 나아가 지인들, 이제는 많은 분
들이 저의 독서향기를 사랑해 주시고 계십니다.

어느 경영자께서는 엘리베이터에 독서향기를 붙여놓고
회사 직원들이 함께 읽고 그 느낌을 나누고 있었습니다.
감사하고 고마운 일입니다.

한 지인께서는 제가 보낸 독서향기를 엮어서 소책자를 만드셨더군요. 나누면 행복해집니다. 돈을 나누어도 행복하고, 즐거움을 나누어도 행복합니다. 그런데 좋은 글을 나누는 것은 마음을 나누는 것이더군요.

글이 말보다 힘이 셉니다.
글이 말보다 뒷모습이 아름답기 때문이지요.
글이 삶이 되고 삶이 글이 되는 세상입니다.
머리를 믿지 말고 펜을 믿어야겠습니다.
좋은 문장을 만났을 때 기록하여 정리해 보면 어떨까요?
적는 대로 이루어지더군요.

다이애나 홍의 독서향기가 대한민국 곳곳에 울려퍼질 독서강국 코리아를 꿈꿉니다.
가정에서도 기업에서도 책이 가슴과 가슴을 연결하는 다리가 되길 희망합니다.

2009년 10월
다이애나 홍